妾屋昼兵衛女帳面五

# 寵姫裏表

上 田 秀 人

幻冬舎時代小説文庫

妾屋昼兵衛女帳面五

# 寵姫裏表

# 目次

第一章　続く危難　7
第二章　女の欲望　76
第三章　武家の夢　145
第四章　虫の戦い　217
第五章　血の相克　288

【主要登場人物】

山城屋昼兵衛　大名旗本や豪商などに妾を斡旋する「山城屋」の主。
大月新左衛門　昼兵衛が目をかけている元伊達藩士。タイ捨流の遣い手。
菊川八重　仙台藩主伊達斉村の元側室。新左衛門と同じ長屋に住んでいる。
山形将左　昼兵衛旧知の浪人。大店の用心棒や妾番などをして生計を立てている。
海老　江戸での出来事や怪しい評判などを刷って売る読売屋。
和津　吉野家の飛脚。武術の心得あり。
徳川家斉　徳川幕府第十一代将軍。
茂姫　家斉の正室。
林出羽守忠勝　家斉の寵愛を受けた小姓組頭。
内証の方　家斉との間に一男三女をもうけた愛妾。
東雲　内証の方の局を束ねる小上臈。
月島　大奥で一、二を争う実力を持つ中臈。
林伊之佐　大奥における八重の親元を引き受けた旗本。
川勝屋宗右衛門　日本橋にある大店の主。大奥への出入りを狙っている。
田中与市　尾張藩の上屋敷を差配する用人。

# 第一章　続く危難

## 一

山城屋《やましろや》が襲われた。

吉野屋《よしのや》の飛脚《ひきゃく》の報告を受けて、大月新左衛門《おおつきしんざえもん》が駆けつけた。

「大事ないか」

「おかげさまで。結界が一カ所壊されましたが、わたくしは無事でございまする」

山城屋昼兵衛《ちゅうべえ》は、大丈夫だと答えた。

「いったい誰が」

「武家が二人。それなりに遣《つか》えそうでございましたな」

妾屋《めかけや》の仕事のなかに、妾の浮気を心配する旦那《だんな》の依頼で用心棒を紹介するというのもある。昼兵衛はそれなりに武芸の腕を見抜く素養を持っていた。

「武家か……強盗ではないとなると」

「申しわけございやせん。どうやらあっしがつけられたようで」

和津《わっ》が頭を下げた。

「おぬしがか」

新左衛門は驚いた。和津の実力はよく知っている。そのへんの武家など、相手にならぬほどの体術を習得している和津が、後をつけられただけでなく、襲いこまれるほどの失態をしたとは、新左衛門は信じられなかった。

「あまりに川勝屋《かわかつや》がうかつだったので、ついこちらの気も緩んだみたいで」

一層和津が小さくなった。

「川勝屋を調べたとたんでございますからね。川勝屋は直前に尾張《おわり》家の上屋敷《かみやしき》に立ち寄っておりましたから、おそらくは……」

昼兵衛は刺客の正体を告げることで、和津から話を奪った。

「尾張の家臣だと」

すぐに新左衛門が反応した。

「山城屋どのは、尾張藩の家臣格をお持ちでござったはず」

「ええ。おかげさまで馬廻《うままわ》り格十人扶持《ぶち》をいただいております る」

妾屋の客には大名もあった。大名が家臣の娘に手をつける。跡取りを作るのが義務の大名としては当然であり、家中としても歓迎すべきことであるはずであった。しかし、末期養子《まつごようし》の禁がなくなった今、家中の娘に手出しするのは問題を引き起こした。

お家騒動であった。正室が嫡男を産んだのならば、なんの支障もない。そうでなければ、側室の産んだ子供の誰を跡継ぎとするかでもめ事になる。

先に生まれた順か、母親の身分で選ぶか。

次代の藩主なのだ。勝ったほうに与《くみ》していた者は出世し、敵対した者は不遇となる。不遇どころか、下手《へた》すれば命まで失いかねないのだ。皆必死になる。当然、争闘も起こる。家中騒動は幕府の介入を呼ぶ。よくて減封、あるいは僻地《へきち》への転封、最悪お家取り潰《つぶ》しとなることもある。すでに天下泰平となって百五十年余り、武家が手柄をたてることはなくなり、どこの大名も人減らしに汲々《きゅうきゅう》としている。浪人してからの再仕官はまずない。武士は先祖代々受け継いできた禄《ろく》があるから生きていける。その禄を失うわけにはいかなかった。

そこで、跡継ぎのいる大名が側室を求めたとき、あとあとややこしくない女をあてがう。その手配を妾屋は請け負っていた。妾屋に好みの顔や体型を伝えてさえおけば、その希望に合いながら、藩と利害関係のない女を探してくる。もちろん、身元の保証もある。家中騒動を避けたい大名を始めとする名家にとって、妾屋はありがたい商売であった。

ときには、妾屋の紹介した側室が藩主の子を産むこともある。そうなれば、側室の親元も兼ねる妾屋にも褒賞は与えられた。藩士格と数人扶持くらいだが、武家の身分を持つ意味は大きい。なにせ町奉行所が手出しできなくなる。

山城屋昼兵衛も、尾張藩主徳川宗睦《とくがわむねちか》のもとへ妾を斡旋《あっせん》し、藩士格と扶持米を受けていた。

「それがなぜ……」

「不思議でもなんでもございますまい。大月さまと同じ。大月さまも同僚の伊達《だて》藩士の方から襲撃されましたでしょう」

「……うむ」

一瞬、新左衛門は苦い顔をした。

大月新左衛門は伊達藩士で、他藩の馬廻りにあたる江戸騎乗という家柄であった。

新左衛門は、跡継ぎのいなかった藩主のもとへ山城屋の斡旋で側室にあがった八重《やえ》の警固を命じられたことで、運命を狂わされた。

続いた天災と不作の影響で借財にあえぐ伊達家は、その財政問題に絡《から》んで藩が分裂していた。幕府から金を引き出すため、藩主世継ぎとして十一代将軍家斉《いえなり》の息子を迎えようと考える派と、代々の血筋を守りつつ、倹約を推し進めようという者たちが、互いに主導権を奪おうと争っていた。その火中に放り出されたのが、藩主の寵愛《ちょうあい》を受けた八重であり、新左衛門であった。

八重を殺そうとする同僚たちを新左衛門は迎え撃ち、同僚たちは邪魔する新左衛門を亡き者にしようとした。藩主の急死によって、お家騒動は終わりを告げたが、その影響で八重と新左衛門は伊達家から放逐された。

「佐世《さよ》さまは、お殿さまの寵愛がお深い。その佐世さまのお産みになった賢士郎《けんしろう》さまを次の藩主にと考えられるのは当然。となれば、わたくしは次のお殿さまの外祖父格。さすがに御三家の当主が妾屋風情とかかわりがあってはと考える連中もおりましょう。商いである妾屋が、尾張さまに女の話以外で手出しすることなどございませんが、信じられないお方がいても当然」

淡々と昼兵衛は述べた。

「そこへ川勝屋が駆けこんだと」

和津が加えた。

「だろうね。尾張藩としては、川勝屋に恩も売れる。一石二鳥というところだろうよ」

昼兵衛が笑った。

「少し見せてもらうぞ」

新左衛門は斬《き》りつけられた結界を検《あらた》めた。

結界とは、店主あるいは番頭が座る場所の三方を囲った木の枠組みを言う。書きものをするための机と、商い帳面、筆と硯《すずり》、店によっては金箱などがあった。二寸（約六センチメートル）角の木材を組み合わせた柵のようなものを仕切りとして使っている。

「斬り落としてはいないか」

柵に刻まれた傷を見て、新左衛門が安堵《あんど》していた。

「このていどの腕なればこそ、助かった」

「柵ごと一刀両断されてしまえば、防ぎようもございませなんだ」

新左衛門の言葉に、昼兵衛も同意した。

「大月さまや山形《やまがた》さまなら、この柵どころか、机ごといかれましょう」

「…………」

無言で新左衛門が認めた。

「……はあ」

昼兵衛が盛大にため息を吐《つ》いた。

「用心棒を頼むしかございませんな」

「そうしてくれ」

強く新左衛門がうなずいた。

「お金のかかることでございますなあ」

「命には代えれませんぜ。生きてさえいれば、金は稼げやす」

不満そうな昼兵衛へ、和津が忠告した。

「たしかにそうなんだけどねえ。林《はやし》さまへ請求しても払ってくださいますかねえ」

「払うだろう。あの御仁《ごじん》は金に価値を見いだしていない」

一度会っただけだが、新左衛門は林出羽守忠勝《でわのかみただかつ》の本質を見抜いていた。

「そのとおりだとは思いますがね、ただで金を出すほど甘くはないと思いますよ。しっかり、それ以上のものを要求してこられましょう」

昼兵衛は首を振った。

「まあ、しかたありません。大月さま、お願いできましょうか」

「引き受けよう。日当は安くていい」

頼まれた新左衛門が告げた。

「そういうわけには参りませんよ。大月さまと山形さまは、この山城屋の看板でございますから。一日一分、食事はこちらで用意いたしまする」

条件を昼兵衛が提示した。

「十分だ」

新左衛門が納得した。

女の見張りをする妾番は、どれほどの美女にもなびかないだけの強固な意志を求められた。それだけに日当も高く、一日二分が相場に近い。それを半額で引き受けても損をしないのは、賄《まかな》いがついていたからであった。男の一人暮らしである。食事は外ですませるか、自炊するしかない。自炊は安くつくが、まともに飯を炊いたことさえない新左衛門にとって、苦行でしかなかった。また、外食は安くとも一日百文以上かかる。一分が二百五十文であることから考えても、妥当であった。

「では、今からお願いしますよ」

「任せてくれ」

昼兵衛へ新左衛門が胸を叩いてみせた。

逃げ出した尾張藩士、佐藤《さとう》と由利《ゆり》は尾張藩上屋敷ではなく、山城屋近くの寺へ隠れた。

「女どもめ」

佐藤が吐き捨てた。山城屋の二階に住んでいた女たちが大声をあげたため、昼兵衛への止《とど》めを刺せず二人は退散せざるを得なくなっていた。

「どうする。あれでは、店で討つのは難しいぞ」

由利が眉《まゆ》をひそめた。

「外へ出るのを待つか」

「そんな悠長なまねをしてはおられぬ。なにより襲われたのだ。しばらく亀のように籠《こ》もるだろう。度胸のない町人だけにな」

苦い顔を佐藤が見せた。

「かといって、店に押しこめば、同じことの繰り返しとなるぞ」

「今からもう一度行こう」

首を振った由利へ、佐藤が提案した。

「なにを……」

由利が驚愕《きょうがく》した。

「大丈夫だ。さすがに今すぐ戻って来るとは思ってもおるまい」

「それはわかるが、二の舞になるだけではないのか」

危惧《きぐ》を由利が表した。

「いや、今度は電光石火でいける。先ほどは、店のなかのことも、妾屋の動きもわかっていなかった。だが、今度は違う。どこに何があるか、妾屋の腕がどのていどかも知っている。我ら二人が落ち着いてかかれば、煙草《たばこ》一服吸うほどの手間もかかるまい。敵を知り己を知れば、百戦あやうからずと、孫子も言っている」

佐藤が自信を見せた。

「女たちが騒ぐ前に片を付けると」

「そうだ。事実、女たちが声をあげなければ、あと少しで仕留められたではないか」

「ふうむう」

由利がうなった。

「いつ出かけるかわからぬ相手を待つわけにもいかぬ。我らは尾張の家中ぞ。あまり長く屋敷を離れているわけにはいかぬ」

侍には決まりがあった。泰平が長く続いたことで、かなり緩くはなっていたが、いざ鎌倉というのは守らなければならない最低の規約であった。

いざ鎌倉……主家になにかあったときには、なにをおいてでも駆けつける。これが侍奉公の基本であった。忠義を根底とする徳川幕府である。主家に一大事あったとき、どこにいたか連絡も取れない者は許されなかった。

「今どき、尾張藩になにかあるとは思えぬが、一日二日の留守は見逃されても、五日十日となれば、見過ごされはせぬ。横目《よこめ》あたりに訴えられては面倒になる」

横目とは、幕府でいう目付《めつけ》のことである。藩士の非違を糺《ただ》し、ときと場合によっては捕縛、処罰もおこなった。

「田中《たなか》さまの足を引っ張りたい連中だな」

尾張藩も一枚岩ではなかった。上屋敷を差配する用人《ようにん》の田中は、いずれ尾張藩の家老を目指している。その恩恵にあずかろうと近づく、佐藤や由利のような藩士も多いが、逆に目の仇《かたき》にしている者もいた。

「できれば今夜中にすませ、屋敷に戻っておきたい」

田中の腹心である佐藤と由利が門限を破れば、それを嬉々《きき》として利用する奴が出てくるのはまちがいなかった。

「わかった」

佐藤の話に、由利が首を縦に振った。

「今度は脇差《わきざし》でいこう。太刀《たち》は店のなかで振るには長すぎる」

「おう」

脇差の柄《つか》を叩いた由利に、佐藤が応じた。

二

用心棒というのは、かなり辛《つら》い商売であった。

雇用主を守るために、相当な無理をしなければならないからであった。出かけるときに付いていくのは当たり前、自宅にいるときでも離れることなく警固を続ける。さらに夜中でも警戒していなければならない。

人が人を襲うのだ。少しでも成功するようにと、不意を突いてくる。それを迎え撃つだけに、夜だからといって寝ることなどできはしなかった。

「見回ってくる。拙者《せっしゃ》が出たら、しっかり閂《かんぬき》をかけてくれ。戻ってきたら、戸を軽く三度叩く」

昼兵衛たちが眠りに就く前、新左衛門が太刀を手に立ちあがった。

「お願いいたしまする」

うなずきながら、昼兵衛は見送った。

昼兵衛は店に寝泊まりしていなかった。小半刻《こはんとき》（約三十分）ほど歩いたところに一軒家を借り、そこで一人暮らしをしていたが、狙われているとわかっていて孤立するわけにもいかず、しばらく店で起居することになっていた。

新左衛門が出た後、番頭が大戸に閂を下ろした。

妾屋はもめ事に巻きこまれやすい。

なにせ男女の仲を仲介する商売なのだ。夫婦喧嘩に仲人《なこうど》が巻きこまれるように、男女どちらの客も、なにかあれば約束が違うと駆けこんでくる。なかには、定めた給金を払わないというものや、身体《からだ》に傷を付けるような行為を強要するだとか、妾の男というのが出てきてすごんだなどという、妾屋の商いの根本にかかわる苦情もあるが、ほとんどは理不尽な怒りをぶつけられるだけであった。

「女が契約期間の終了とともにいなくなった。あれは私に惚《ほ》れていたはず。それが消えたのは、妾屋が連れ戻したからだろう」

「引き金を五両しかくれなかった。普通は十両のはず。残り五両を妾屋が先に上前はねしたに違いない」

この手の連中は、冷静な話し合いに応じず、断っても断っても来る。場合によっては、無頼《ぶらい》の者を雇い殴りこみをかけてきたりもするのだ。当然、妾屋も自衛することになる。その一つとして、鋸《のこぎり》で切ったり、叩き折ろうとしたりしても、大丈夫なように表戸や潜《くぐ》りの扉の閂には鉄の棒がしこんであった。

店の外に出た新左衛門は、ゆっくりと木戸から木戸の間を見て回った。

江戸の町内はすべて木戸で区切られていた。防犯のため、木戸は夜四つ（午後十時ごろ）に閉められ、翌朝六つ（午前六時ごろ）まで開かれない決まりとなっていた。

といったところで、遊郭《ゆうかく》や飲食を饗《きょう》する店が増えた五代将軍綱吉《つなよし》のころから、厳密に守られなくなり、今はほとんど開けられたままとなっている。木戸が閉まっていたところで、完全に犯罪者を防ぐことはできないが、開けっ放しではどうしようもない。新左衛門は木戸まで行っては戻り、反対側の木戸に着いては折り返しを数度した。

「大事ないか」

いつまでも雇い主の側《そば》を離れているわけにもいかない。用心棒とは、本来雇い主の後ろで控えているものなのだ。

山城屋へ戻ろうとした新左衛門の耳に、近づいてくる足音が響いた。

「……二人か」

すでに寝静まっている江戸の町で足音は意外と通る。新左衛門は耳を澄ませて、その数を計った。

「今日襲い来た侍も二人だったな」

新左衛門は、山城屋と辻《つじ》を挟んで向かい側の店の軒下に身を寄せた。月明かりを反射して目立つため、太刀はまだ抜かなかった。

「来た」

木戸を通りこして、二人の侍が近づいてきた。

「大戸が閉まっているぞ」

「あのていどのもの、体当たりすればすむ。拙者が当たる。扉が破れたらすぐに駆けこんでくれ」

「わかった」

「拙者はそのあと裏口へ回る。逃がすわけには参らぬゆえな」

「おう」

佐藤の指示に、由利がうなずいた。

「では、参る」

一度足を止めた佐藤が、勢いを付けて山城屋の木戸へ体当たりした。

「ぐえっ」

鉄芯入りの閂がかかっている。体当たりくらいでどうにかなるはずはなかった。

佐藤が弾《はじ》かれて呻《うめ》いた。

「なんだ、固すぎる」

「拙者が代わろう」

今度は由利がぶつかった。

「つうう」

左肩で大戸へ当たった由利が苦鳴《くめい》をあげた。

「鉄板入りか」

佐藤が気づいた。

「どうする。破れそうにないぞ」

由利が難しい顔をした。

「籠もるつもりか。ならば、追い出すまでよ。火をつける」

「火付けをするつもりか。大罪ぞ」

さすがに由利が困惑した。

「ばれなければいい。我らの正体を山城屋は知らぬ。誰が火を放ったか、わからなければ、どうということはない」

佐藤が嘯《うそぶ》いた。

「……わかった」

「煙草を吸うのだ、お主火打ち石を持っておろう」

出せと佐藤が掌《てのひら》を上に向けた。

「ああ」

懐《ふところ》から由利が火打ち石を出した。

「手拭《てぬぐ》いもくれ。引き裂いて火種にする」

「…………」

続けて要求する佐藤へ、無言で由利が手拭いを渡した。

「もったいないことをしてくれるな。手拭い一本でもただではないのだぞ」

太刀を抜きながら、新左衛門が軒下から出た。

「なにやつ」

「誰だ」

佐藤と由利が驚いて振り向いた。

「火付けをしようとしている輩《やから》に、不審者扱いされるとは思わなかったな。山城屋の用心棒、大月新左衛門と申す」

苦笑しながら、新左衛門が名乗った。

「用心棒をすぐに手配しただと……山城屋め」

憎々しげな声を佐藤が出した。

「襲われて、用心棒を雇う。自然なことだと思うがの」

間合いを詰めながら、新左衛門はあきれた。

「やるか」

「当たり前だ」

佐藤と由利が顔を見合わせた。

「ああ、このまま帰れば、見逃してやるとは言わぬからな。火付けまでして山城屋どのの命を狙うような連中を生かして帰しては、のちのちの禍根となる。上からの命とはいえ、許すわけにはいかぬ」

三間《けん》（約五・四メートル）まで近づいた新左衛門は、冷たく告げた。

「我ら二人に勝てると思っているのか」

太刀を抜いた佐藤が左に、同じく由利が右へ動き、新左衛門を挟撃できる位置取りへと移った。

「用心棒というのはな、剣が遣えねばできぬのだ」

新左衛門が腰を落とした。

「と同時に、人を斬れなければならぬ」

たわめた膝《ひざ》の力を一気に解放して、新左衛門は由利へ斬りかかった。

「なんの」

あわてて由利が太刀で受けた。闇夜に、刀の刃《やいば》が欠けて火花が咲いた。

「抑えておけ」

佐藤が新左衛門の後ろへ回りこもうとした。

「おうよ」

由利が鍔《つばぜ》迫り合いに持ちこもうと体重を掛けてきた。

鍔迫り合いは間合いのない戦いである。少しでも力の加減をまちがえれば、避ける間もなく、敵の刃が食いこむことになる。得物《えもの》である刀を押さえられたうえ、自在に動けないとなれば、背中からの襲撃に対応などできようはずもなかった。

「ふん」

仲間を頼るような覚悟では、鍔迫り合いに勝てるはずもない。鼻を鳴らして、新左衛門は由利の腹を蹴りあげた。

「ぎゃっ」

由利が吹き飛んだ。

「えいっ」

飛んだ由利のほうを見ることなく、新左衛門は身体を回しながら太刀を水平にした。

「わああ」

薙《な》いだ形になった新左衛門の太刀の寸前で佐藤が身体を止めた。

「火付けに、後ろからの攻撃、尾張藩士は卑怯者の集まりと見える」

「な、なぜ、我らのことを」

嘲笑《ちょうしょう》する新左衛門に、佐藤が応じてしまった。

「やはり尾張さまでございましたか」

山城屋の潜り戸に作られた覗《のぞ》き窓から、昼兵衛の声がした。

「あっ」

佐藤が失言に気づいた。

「おのれっ」

「明日にでも佐世さまにお目通りを願わねばなりませんな」

昼兵衛の言葉に、佐藤が激した。

「由利、起きろ。なんとしてでもこやつらの命を奪わねばならなくなった」

焦った佐藤がさらに失敗を犯した。

「ほう。倒れているお方は由利さまとおっしゃる」

笑いを含んだ声で昼兵衛が言った。

「しまった」

「ば、馬鹿ものが」

佐藤が後悔し、由利が怒鳴った。

「もういいか」

新左衛門が確認した。

「充分でございまする。そろそろ夜も遅くなりまする。眠くなって参りましたし、これ以上訊《き》くのは無理でございましょう」

昼兵衛が認めた。

「では、参る」

あらためて新左衛門が太刀を構えなおした。

「起きろ、由利」

「わ、わかっている」

腹を蹴られては、呼吸をするのさえ難しい。息ができなければ立てても、戦うことなどできなかった。

「やあ」

新左衛門が佐藤へ斬りかかった。

「わ、わああ」

失策続きで気がうわずっていた佐藤は、新左衛門の太刀に大きく反応してしまった。後ろへ跳んで逃げたのだ。

「りゃあ」

新左衛門は佐藤を追わず振り返って、起きあがろうとしていた由利へ太刀を突き出した。

「えっ。ま、待て」

立ち上がりかけた中途半端な体勢では、どうしようもなかった。

「……かはっ」

喉《のど》を突かれて、由利が絶息した。

「あああ」

同僚が崩れ落ちるのを見て、佐藤の箍《たが》がはずれた。

「殺してやる」

無茶苦茶に太刀を振りながら、佐藤が新左衛門へ迫った。

「…………」

長年積んだ修行の技も理もなくした佐藤へ、新左衛門は冷たい目を浴びせた。

「人を殺しに来ておきながら、仲間がやられれば激する。身勝手にもほどがあろう。それともなにか、妾屋ならば、黙って殺されて当然だとでも言う気か」

新左衛門は静かに怒っていた。

「黙れええ」

佐藤が太刀を叩きつけてきた。

「ふん」

頭に血がのぼっていては、太刀筋などないも同然である。子供の遊びのような一撃をあっさりと新左衛門はかわした。

「わあああ」

渾身《こんしん》の力をこめて振り下ろしたのだ。佐藤の太刀は止まらず、地面へ切っ先を食いこませた。

「あつっ」

衝撃で、佐藤が太刀を落とした。

「…………」

無言で新左衛門が太刀を振りかぶった。一瞬、新左衛門の動きが止まった。

「あっ、あっ。あっ」

佐藤があわてて脇差の柄に手をかけた。

「あわああああ」

脇差を抜き放った佐藤が、そのまま斬りつけてきた。

「ぬん」

新左衛門が太刀を落とした。

「ぎゃっっ」

肘《ひじ》から先を斬り飛ばされた佐藤が絶叫した。

「…………」

そのまま太刀を流すようにして、新左衛門は佐藤の首根を刎《は》ねた。

太い血脈から血潮を噴き出して、佐藤が沈んだ。

「お疲れさまでございました」

店の潜り戸から、昼兵衛が出てきた。

「お優しいことで。太刀を失った相手に、新たな得物を持たせてあげるとは。武家の矜持《きょうじ》でございますか」

「…………」

新左衛門は黙って太刀を手入れした。

「殺し合いに優しさは無用でございますよ」

「……わかっている」

ていねいに刀身についた血糊《ちのり》を布で拭いながら、新左衛門が苦い顔をした。

「ご自身の過去と重ね合わせられるのもわかりまするが……」

「すまぬ」

新左衛門が頭を下げた。

「これ以上は申しませんが……。このようなまねを続けておられれば、ご自身のお命だけでなく、依頼主の身体にも危難が及びまする」

昼兵衛の顔から同情の色が消えた。

「もう一度このようなことをなさったならば、今後お仕事を斡旋するのは遠慮させていただきまする」

「……わかった」

用心棒の仕事を与えない。そう言われても新左衛門は反論できなかった。

「もういいか」

「結構でございまする」

問う新左衛門へ、昼兵衛はうなずいてみせた。

「日当は明日お支払いいたしまする」

「ああ」

新左衛門が足取りも重く去っていった。

「きっちりお仕事をしてくださるのはよろしいが……八重さんのことがどうしても枷《かせ》になるようでございますな」

見送りながら昼兵衛が呟《つぶや》いた。

「大奥のことを終えたならば、片を付けなければいけませんね。八重さんを受け入れるか、それとも遠ざけるか。看板の一枚を失うわけにはいきません。場合によっては、八重さんに引っ越してもらうことになりますね」

冷徹な商売人の顔で昼兵衛が口にした。

「そのほうが、八重さんにもよいでしょう。八重さんが大月さまのことを憎からず思っておられるのはたしか。ただ、側室とはいえ、妾をしていた引け目から遠慮しておられるだけ。好きな男に避けられる。女にとってこれほど辛いことはありませんからねえ。妾の後始末も、山城屋の仕事。それがどう転ぶかまでは知りませんがね」

闇夜に独りごちて、昼兵衛が店へ戻った。

「おい、戸板を持っておいで。表の死体を捨てるよ」

感情を切り替えて、昼兵衛が番頭へ命じた。

三

大奥にはたくさんの女がいた。

将軍によって、そのときの大奥の規模は変わるが、少なくて五百ほど、多ければ千をこえた。

側室の数では歴代を大きく凌駕《りょうが》している十一代将軍家斉の大奥は、過去最高の人数を誇っていた。それこそ、犬と呼ばれる末の女中にいたっては、何人いるかさえわからないほどであった。

用をこなすため、廊下を歩いていた八重に一人の中臈《ちゅうろう》が目を留めた。

「あれはどこの局《つぼね》に属している」

大奥へあがったばかりの八重の顔は知られていなかった。

「さて」

訊かれた女中も首をかしげた。

「なかなか見目麗しいの」

「はい」

「上様《うえさま》のお好みと思わぬか」

「仰《おお》せのとおりでございまする」

中臈の問いかけに、お付きの女中が同意した。

「待て」

「わたくしでございますか」

八重は足を止めた。

「そうじゃ。そなた、見ぬ顔じゃがどこの局のものであるか」

お付きの女中が、ぞんざいな口調で訊いた。

大奥では身分で着る衣服に差があった。無地とは言わないがほとんど模様のない小袖《こそで》姿の八重は、目見えできる格ではあるが、さしたる身分ではないと一目で知れた。

「お内証《ないしょう》の方《かた》さまのもとで、三の間を務めさせていただいております。八重と申します」

八重が名乗った。

「内証の方さまのか」

中臈が確認した。

「あの……」

困った顔で八重は最初に声をかけてきたお付きの女中を見た。

「直答《じきとう》を許すぞ。妾《わらわ》は月島《つきしま》である」

中臈が八重の意図を悟って、告げた。

「月島さま、わたくしになにか御用でございましょうか」

八重が問うた。

「そなた旗本の娘だな」

「はい」

「上様のお側へあがる気は当然あるの」

「……………」

「どうした。大奥へ旗本の娘が奉公するというのは、そういうことだと理解しておろうが」

月島が返答を急《せ》かした。

「わたくしはお内証の方さまのお世話をするために、大奥へあがらせていただきました。上様のお側に侍《はべ》るなど、考えてもおりませぬ」

はっきりと八重が首を振った。

「そのようなわがままが通るとでも……」

「待て、柳川《やながわ》」

叱りつけるお付きの女中を、月島が抑えた。

「行ってよいぞ」

「お方さま」

柳川が驚いた。

「ごめんくださいませ」

気が変わらぬうちにと、八重が小走りに離れていった。

「よろしゅうございますので」

「あれだけの美形はなかなかおらぬ。あれならば、すぐに上様のお気に入りとなろう」

月島が満足そうにうなずいた。

「ですが、お方さま……」

「柳川、あの者の親元を調べあげよ」

「それは……」

言われた柳川が戸惑った。

「内証の方さまは、お褥《しとね》ご辞退をなされたとはいえ、上様のご寵愛第一のお方じゃ。他の局の女ならば、奪い取ることもできようが、さすがに内証の方さまとお楽《らく》の方さま相手は無理だ。しかし、あの女は惜しい。となれば、方法は一つしかあるまい。あの女から、局の異動を願わせる」

お楽の方とは、家斉の世継ぎである敏次郎《としじろう》を産んだ側室で、大奥での権では内証の方を凌《しの》いでいた。

「そのために、親元を」

柳川が理解した。

「娘を大奥へ差し出すような親だ。娘を伝手《つて》に出世を摑《つか》もうと考えているに違いない。娘に上様の手がつくかも知れぬとなれば、かならずこちらの誘いに乗ってくる」

小さく、月島が笑った。

「閨《ねや》に侍らない女は、いずれ忘れられる。男は肌を重ねた女を愛《いと》おしいと思うものだからな。内証の方さまは落日。そのことをよく語ってやれ、あの女の親元にな」

「お任せくださいませ」

一礼した柳川が、月島から離れた。

大奥で女中たちを管轄するのは、お次《つぎ》であった。お次は道具や献上物の取次と、召人《めしうど》の斡旋を任としている。下から数えたほうが早い端役であった。

「ご免」

柳川はお次の控え室へ顔を出した。

「なにか」

部屋に残っていたお次の一人が、柳川の身形《みなり》を見て、尊大に受けた。

中臈のお付きの身分は低い。主《あるじ》である中臈が、将軍から見て直臣であり、その付き人は陪臣にあたる。いかに薄禄とはいえ、直臣であるお次とは身分が違った。が、それは表向きの話であり、仕えている主の実力があれば、陪臣とはいえ、直臣を凌駕した。将軍の手がつかないお清の中臈のなかで、もっとも力のある仏間係をとりまとめている月島の付き人ともなれば、表使いよりも権力を持っていた。

「中臈月島の局の柳川と申す」

柳川が名乗った。

「月島さまの……」

お次の態度が変わった。

「ご用件は」

「他聞を……」

最後まで柳川は言わず、目で部屋の外を指した。

「……わたくしが」

最初に応答したお次が、他のお次に了承を求めた。

「お願いいたしまする」

「よしなに」

同僚が頭を下げた。

実力ある者の用事を受けるのは、利点もあるが欠点もあった。うまくこなせれば、気に入られて、引きあげてもらえる。そこまでいかなくとも、いざというときの便宜くらいは図ってもらえる。しかし、失敗すれば役立たずの烙印《らくいん》を押されたうえに、その責を負わされる。よほど野心のある者でないかぎり、実力者の頼みは避けたい厄であった。

「まず、お名前をうかがってよろしいか」

「八幡《やわた》でございまする」

柳川に問われたお次が答えた。

「承った。では、まずこれを」

懐から小判を五枚出した柳川が八幡の手に握らせた。

「このような大金を……」

お次の給金は、切り米八石三人扶持と合力金二十五両、他に薪や炭などの消耗品の補塡《ほてん》である。年になおすと、おおむね四十両ほどになるが、これで衣服から食事、雇っているお末の給金まで出すとなると、さほどは残らない。八幡が驚いたのも当然であった。

「月島さまの挨拶であるぞ」

上位の者の挨拶を断るのは無礼である。そう言って柳川が押しつけた。

「畏《おそ》れ入りまする」

金を受け取ってしまった段階で、勝敗は決した。八幡は柳川の言うままになった。

「お内証の方さまの局にいる八重という女の素性を知りたい」

「八重でございまするか。先日ご奉公にあがったばかりの」

すぐに八幡が応えた。

「先日あがったかどうかは知らぬが、かなり美しい女だ」

「では、まちがいございませぬ。八重ならば、よく覚えておりまする。わたくしが召人としての書付を扱いましたゆえ」

大奥も幕府のなかの一つである。人を増やすには奥右筆《おくゆうひつ》への届け出が要《い》った。

「親元はどこだ」

「たしか、小石川の旗本林伊之佐《はやしいのすけ》の娘であったかと」

一瞬だけ考えた八幡が述べた。

「その林家は何役で何石とりじゃ」

続けて柳川が訊いた。

「たしか二百二十石で、小普請組《こぶしんぐみ》でありました」

「小普請組……無役か」

柳川がほくそ笑んだ。

乱世では、将兵の数が力であった。当然、天下を取った徳川幕府が、もっとも多くの兵を抱えていた。しかし、泰平になると武家は無用の長物となる。かといってすべての将兵に役目を与えるほど、幕府も余裕はない。そこで、無役の者を集めた小普請組が作られた。

小普請組とはその名のとおり、小さな修繕を担当する者の集まりであった。江戸城の壁の剝《は》がれ、廊下の穴などを塞《ふさ》ぐのが仕事である。といっても、旗本や御家人に大工、左官のまねごとなどできるはずもなく、させればかえって被害が大きくなりかねない。そこで、日当を出して本職にさせる。代わりに小普請組にその費用を負担させた。

そう、小普請組とは役料が出ないどころか、逆に金を取られるところであった。物価は上がったが、禄は増えない。そんな旗本御家人にとって、小普請組はまさに地獄である。小普請組にいる者は、誰でも抜け出そうとしている。ただ、その手立てがないのだ。数少ない役職は、奪い合いになる。抜け出すためには、十分な賄賂か、有力者の引きが要る。

「月島さまの推薦があれば、小普請組を出るくらいは簡単だ」

「…………」

そう言う柳川に、八幡が沈黙した。

大奥は将軍の私《わたくし》であり、公《おおやけ》である表とはかかわらない。幕初からの不文律である。が、形骸《けいがい》でしかなかった。なにせ、大奥創始と言われる春日局《かすがのつぼね》が、堂々と表に介入した。春日局は、弟に三代将軍の地位を奪われそうになった家光《いえみつ》のために奔走し、神君と崇《あが》められている家康《いえやす》へ直訴した。そのおかげで家光は三代将軍となり、弟忠《ただ》長《なが》は自刃せざるを得なくなった。

これは、大奥には将軍を決める力があると公言したに等しい。

将軍を決めることのできる大奥が、幕府の人事に口出しをしないはずもなく、気に入らない役人の名前を将軍に告げるなど、日常茶飯事であった。

「長く執政でいたければ、女の機嫌を取れ」

なにせ、大奥を敵にしないことが、老中たちの心得とまで言われているのだ。

「八重の実家の経歴を調べあげてくれるように」

「承知いたしました」

すでに金を受け取っているうえ、月島の意図も知らされたのだ。とても断ることなどできようはずもない。八幡が首肯《しゅこう》した。


尾張藩上屋敷から店へ戻った昼兵衛を、山形将左《しょうざ》が待っていた。

「お待たせをいたしました。なにかわかったので」

昼兵衛が表情を引き締めた。

「ああ。読売《よみうり》の海老《えび》から頼まれて、山城屋を迎えに来た」

「わかりました。おい、番頭さん、出かけてくるよ。ややこしいお客さまだったら、明日の朝のうちにもう一度お願いすると言って、お帰りいただきなさい。勝手に判断をするんじゃないよ」

番頭へ注意を与えて、昼兵衛が店を後にした。

山城屋から二筋ほど離れた路地裏の長屋に読売屋の海老が住んでいた。読売とは、瓦版《かわらばん》のことであり、なにかしら他人目《ひとめ》を引きそうな事件や噂を集めてきては、版木に彫り、安い紙に刷って売る商売であった。

当然、いろいろな噂を集めなければならず、いろいろな手立てを持っていた。その海老に、昼兵衛は浅草寺《せんそうじ》近くで見つかった女の身投げを調べさせていた。昼兵衛がその女を気にしたのは、御殿女中ではないかと疑ったからであった。

「わざわざすいません」

海老は家で紙に読売の原稿を書いていた。

「気にしなくていいよ。おまえさんより、わたしのほうが暇だからね」

恐縮する海老に、昼兵衛は手を振った。

「さっそくだが、話を聞かせてもらおう」

腰を下ろしてすぐに昼兵衛が促した。

「へい」

首肯した海老が話し始めた。

「あの女中の引き取り手が現れやした」

「引き取り手が……誰だい」

「茅場町の清水屋《しみずや》さんで」

「……茅場町の清水屋というと、大奥出入りの炭屋じゃないか」

「さようで」

海老がうなずいた。

大奥には、千人近い女が住んでいた。それらが毎日使う炭は膨大な量になる。高級な大奥女中のなかには、幕府から支給される者もいるが、それでも炭の供給は絶対に要った。

「大店《おおだな》だな」

「炭屋では江戸でも五指から落ちやせんでしょう」

「その名店が土左衛門《どざえもん》を引き取る……」

「みょうでござんしょう」

昼兵衛の疑問に海老も同意した。

商家はなにより評判を気にする。店から縄付きが出るようなまねは極力避けたがる。奉公人が店の金をごまかしても、まず訴え出ないくらい外聞を取り繕う。その大店が、江戸中の耳目を集めた若い女の身投げ死体を引き取るなど、普通では考えられなかった。

「娘ということはないかい」

「ございやせん。清水屋の娘さんは、一人。根岸の大黒屋《だいこくや》さんに嫁いでおられます。なにより、今年で四十歳をこえたはず。年齢からもあいやせん」

御殿女中風の死体は、せいぜい二十歳代の後半である。清水屋の娘とはまったく違った。

「その先は調べたんだろうな」

「へい。といったところで、葬式もなくさっさと菩提寺《ぼだいじ》へ送ってしまいやしたが」

「清水屋の菩提寺か」

「へい。谷中の山応寺《さんおうじ》で」

「ふむう」

難しい顔を昼兵衛はした。

「海老、少しいいか」

黙って聞いていた山形将左が口を出した。

「なんでござんしょう」

「清水屋はどうやって女を引き取った。まさか、戸板に筵《むしろ》掛けで店へ運んではおるまい」

「出入りの駕籠《かご》屋にさせてやしたが」

どうしてそのようなことを訊くのかと首をかしげながら、海老が答えた。

「駕籠屋はどう思う。かなり金をもらっただろうが、土左衛門で数日経《た》っている女だぞ。水も垂れるし、臭いもする。なにより、駕籠が使えなくなるだろう」

「なるほど。いかに出入りでも、駕籠屋は不満に思っている」

昼兵衛が気づいた。

「なにか聞けるんじゃねえか」

山形将左が言った。

「頼めるかい」

懐から二分金を出して、昼兵衛が海老へ渡した。

「二日ください」

海老が引き受けた。

長屋を出たところで、山形将左が左手を突き出した。

「これでよろしゅうございますか」

苦笑しながら、昼兵衛が小判を二枚置いた。

「いいさ。十日もかかるまいからな。いや、十日かかるようならば、永遠に無理だ」

「はい。男親は家のためと我慢できても、女親は耐えられますまい。娘の墓参りさえできないのは、辛すぎまする」

昼兵衛が頬《ほお》をゆがめた。

「葬られて三日がいいところだろう、女親の辛抱は。かならず遠目とはいえ、来る。来ないならば、女親はいないと考えるしかない」

「お願いいたしまする」

「任せろ。一日で見つかったならば、一分だけもらうぞ」

山形将左が離れていった。

四

手配を終えた昼兵衛は、そのまま店で商売に勤《いそ》しんだ。

主が留守をしている店はどうしても甘くなる。仕入れ、販売から暖簾《のれん》の下げかたまで、微妙な差が生まれてしまう。それを放置しておくと、差は隙《すき》になり、隙がひび割れになって、屋台骨にまで影響が出かねない。

林出羽守忠勝の命を受け、大奥へあがった八重の援護をしなければならない状況ではあるが、山城屋昼兵衛は店を放置するわけにはいかなかった。

なにせ権力者というのは、いつ都合で約束を反故《ほご》にするか、話を違《たが》えるかわからない。さっきまで庇護《ひご》すると言った舌の根も乾かぬうちに、捕らえて処刑くらいしかねないのだ。

また山城屋は妾屋である。妾奉公を望む女を、欲しがる男に紹介する商売。取り扱うのが人だけに、ちょっとした油断が大きなもめ事の原因となりかねなかった。

「旦那さま」

番頭が近づいてきた。

「あのお客さんかい」

先ほど若い女が店に入ってきたのを、昼兵衛は見ていた。いずれ番頭に店を継がせるつもりでいる昼兵衛は、最近客への応対を任せるようにしている。今も店の奥からさりげなくやりとりを見ていた。

「はい。妾奉公をお望みとのことでございまするが……」

番頭の歯切れは悪かった。

「なにか問題でも」

「その条件が少し」

問われた番頭が答えた。

「わかった。他のお客さまが来たら、お相手しなさい。あのお方は、わたくしが受けましょう」

昼兵衛は立ちあがった。

「本日はよくおこしくださいました。山城屋の主、昼兵衛でございまする」

「ああ、おたくはんが旦那さん。うち春《はる》と言いますねん。よろしゅうお願いいたします」

深く腰を折って挨拶する昼兵衛に、若い女の客が応えた。

「上方《かみがた》のおかたで」

「はい。摂津の生まれですねん」

確認する昼兵衛へ、春がうなずいた。

「ご奉公先をお探しとか」

「さいですねん。うち大坂から江戸へ出てきたんやけど、知り合いもいてへんし、働かなあかんと思いましてん。で、宿の人に訊いたら、山城屋はんがええやろと教えてもらいまして」

来店の経緯《いきさつ》を春が説明した。

「ということは、わたくしどものご紹介する奉公先が……」

「おてかけはんと知ってます」

春が述べた。

おてかけとは、上方で言う妾のことだ。関東では目をかけることから妾と言うのに対し、上方では、手をかける、すなわち手出しをすることから、てかけと呼んでいた。

「見たところ、お若いようだが」

昼兵衛が口調を変えた。商品を見極める目で春を見た。

「でも、もう十七歳になりました」

十七歳ならば、立派な大人である。すでに嫁入りし、子供がいてもおかしくはなかった。

「お妾奉公がどのようなものかは知っていると」

「はい。男はんも知ってますし。初めては十四歳で、それから三人くらい相手しました」

どうどうと春が告げた。

「なぜ江戸へ。大坂におれないような不義理をして逃げて来たのではないだろうね」

悪事を働き、江戸へ逃げこんでくる者はかなりの数になる。男はやくざ者に、女は女中とは名ばかりの遊女に、その手の連中はなることが多かった。妾屋は信用商売である。昼兵衛が危惧するのは当たり前であった。

「大丈夫です。うちが大坂を出たのは、母親との折り合いが悪かったためですねん。もちろん実の親やおまへん。後添えですねんけど。いじめられるだけなら、奉公へ出てしまえば関係なかったんでっけど、金をせびりにお店まで来て、それが度重なって……」

「店に居づらくなったと」

「そうでんねん。で、奉公先を替えても大坂近辺やったらまたいつ来るかわからしまへんよってに、思いきって遠くにと考えて、江戸へ」

春が事情を語った。

「なるほど。ということは、身元引受人がいない」

「そうですねん」

昼兵衛の言葉に、春が首肯した。

奉公にはかならず身元引受人が要った。これは、奉公人がなにかしらの損害を店に与えたときの保証人である。責任を負わなければいけない立場となるため、そのほとんどは親戚など近しい者がなった。

「ふむ」

じっと昼兵衛は顔を見た。

「なぜお妾になろうと考えたんだい」

「普通の奉公先を探せないから。身元保証人がいませんやろ。大坂の親戚に頼んでもいいけど、それでは義母に居場所を教えるようなもん」

春が言った。

「でもいずれは普通の奉公に戻りたいと思ってはおります。いつまでも妾はでけへんやろうし。歳《とし》取ったらそこまで」

「そうだね」

昼兵衛も同意した。

妾に求められるのは、なにより容姿であった。どれだけ心根がよかろうとも、初見でそれはわかりにくい。お目見えと呼ばれる初顔合わせで、ほとんど決まってしまうのが妾奉公である。どうしても美人ほどよいし、若いほうが有利であった。

「三年ほど仕えたら、旦那が身元引受人になってくれますやろ」

妾奉公は、身体を繋《つな》ぐことである。男と女は、身体を交えることで親密になっていく。そうなれば情も湧く。妾奉公から後妻になったものも少なくはないし、手を切るときに、あとあとの生活のためとまとまった金を出す旦那も多い。

「宿で聞いたら、妾屋は身元引受人になってくれるとも……」

春が昼兵衛の顔色を窺《うかが》った。

「まああたしかに親元代わりをさせてもらうことはあるけどね」

昼兵衛が嘆息した。

「でもねえ、身元引受人を作るために妾奉公をするのは、どうかと思うがね」

「いけまへんやろか」

「だめだとは言わないよ。でもね、妾奉公はお金の繋がりだけにしておくべきだと思うのだよ。もちろん、妾から妻になる女もいるから、正しいとは言い切れないけどね」

首をかしげる春へ、昼兵衛は語った。

「先のことを期待して妾奉公をするとね、下卑《げび》るよ」

「…………」

春が黙った。

「妾というのは、お金で貞操を売っているわけだ。それだけで十分下卑ていると言われれば、そのとおりなんだけどね。でもね、お金を自分で稼いでいるには違いないんだよ。生きるために稼ぐ。人として当たり前のことだ。さすがに胸を張れとまでは言えないけど、恥ではないとわたしは思う」

昼兵衛は続けた。

「だけどね、それ以上の思惑を持ってしまうとね。願いをかなえようとして無理をすることになる。気に入ってもらおうとして媚《こ》びを強くしたり、普通の妾奉公ではしないことまで手出しをする。そう、例えばお店のお使いだとか、留守番とかね。媚びを強くするくらいはまだいいけど、店にかかわるようになれば、かならず嫌な顔をする者が出る。正妻はもちろん、店の跡を狙っている息子に奉公人と、敵が増える。周りが厳しく当たるようになるとね、旦那も嫌がり出す。そうでなくとも妾は妬《ねた》まれるんだよ」

妾を囲える者は、裕福であった。妾一人だけを抱えるならば、月に家賃や生活の費用なども入れて三両もあればいいが、それだけの余分を出すためには、他にも十分な手当をしなければならない。まず奉公人の扱いである。妾は夜閨で股を開くだけで仕事は終わる。一刻（約二時間）もかからないし、毎日でもない。しかし、店の奉公人は違う。一年に二度の休みだけで、あとは日が昇ってから落ちるまで働きづめなのだ。なにより、店が回っているのは自分たちが働いているおかげだと思っている。だからこそ、旦那は妾にうつつを抜かせる。ならば、もうちょっと給金をあげてもらってもとか、食事のおかずをよくしてもらってもいいじゃないかと考える。

「妾を囲って、その女を店に連れこんだために、商売が左前になったお店を、わたしはいくつも見てきた。だからこそ、はっきりと言える。妾は日陰でなきゃいけない。日向《ひなた》に戻るのは、妾を辞めてからあらためてすることなんだよ。日向に出るために、妾をする。それはまちがいだとわたしは考えている」

厳しく昼兵衛が警告した。

「では、うちはどないしたらええと」

春が戸惑った。

「知りませんな」

あっさりと昼兵衛は切り捨てた。

「妾はね、女が最後に落ちる前の砦《とりで》なんだよ。身体を売るには違いないけれど、遊女のように不特定多数の男と情をかわさなくてすむし、辞めようと思えば、年季が明けるまで辛抱するだけですむ。だからこそ、変な条件を付けることは許されない。妾屋は妾のためにある。妾でなくなった者との縁はなくなる。そこを考えてから出直しておいで。いいかい、妾とはいえ、女なんだ。奉公している間に情が移る。子ができることもある。だから年季明けの別れができなくなりました。これは当然だ。そのためにしなければならないこまごまとした面倒も、求められれば引き受けましょう。その妾が世間に戻りたいと言えば、奉公していたことを隠すくらいはしてあげる」

昼兵衛は、そこで一度言葉を切った。

「妾屋は女あっての商売。でもね、それはまず妾ありきなんだよ。身元引受人を作るための手立てと思っているような女を、紹介するわけにはいかない。そのあたりを考えて、まだ妾をしたいというならば、またお出《い》でなさい」

「…………」

肩を落として、春が出ていった。

「旦那」

二階から若い女が降りてきた。妾屋の二階には、次の奉公先が決まるまでの女たちが間借りしていた。なにせ奉公は住みこみなのだ。どこかに家を借りるのは手間だし、宿では高くつく。妊娠の有無を確認するまで、次の奉公はできないとはいえ、そう長い期間でもない。寝起きさえできれば、安いほどありがたい。そういう女たちのため、妾屋の二階はどこことも下宿のようになっていた。

「あんまり素人《しろうと》さんをいじめないであげてくださいな」

「霜《しも》さんか。先日は助かったよ」

昼兵衛が相手を確認して、礼を言った。

「お礼はいいよ。山城屋さんになにかあったら、あたしたちが困るからねえ」

礼を言われるほどのことでもないと霜が手を振った。

先日のこととは、一度目の尾張藩士による襲撃である。山形将左、大月新左衛門のいなかったときに襲われた昼兵衛は、まさに危機一髪であった。それを救ったのが、二階に間借りしている女たちであった。異常を知った女たちが、金切り声をあげたのだ。女の悲鳴はよくとおる。なにより、男の悲鳴で、動かない連中でも、女が助けを求めているとなれば、話が変わる。男ならなにをおいても助けに来る。数人の女の悲鳴は、刺客をひるませ、昼兵衛を殺すという目的を果たさせなかった。

「それでもありがたかったよ」

しっかりと昼兵衛は頭を下げた。

「勘弁しておくれな」

霜が照れた。

「で、どうかしましたか」

昼兵衛が訊いた。

「あたしのことじゃないんだけどね」

ちらと霜が二階を見上げた。

「……弓《ゆみ》さんでございますか」

今、山城屋の二階には、霜の他に二人いた。そのうちの一人の名前を昼兵衛はあげた。

「気づいていたと」

「いえ。なにがあるのかは知りませんが、奉公が終わってから、少し落ちこんでいるようでございましたからね」

親元を兼ねることも多いだけに、昼兵衛は女たちのことをよく見ていた。

「さすがだね」

霜が感心した。

「弓さんがどうかしましたので」

「あの娘《こ》、孕《はら》んでいるよ」

「……それはたしかで」

昼兵衛の目つきが変わった。

「まちがいないよ。あまり食欲もないし、よく厠《かわや》へ入るからね。気にしていたんだよ。で、今朝方、部屋で身体を拭いたときにね」

昨夜《ゆうべ》は尾張藩士の襲撃に備えて、女たちも外出しなかった。つまり湯屋へ行っていない。女として、身体を商品としている者に、汚れや臭いは厳禁である。いつ新しい旦那との見合いがあるかもわからないのだ。湯屋へ行けなかった翌朝は、ていねいに身体を水で拭くのが妾を生業《なりわい》としている女の常識であった。

「弓さんの乳がね、かなり張っているし、乳首も黒くなっているよ。さすがにお腹《なか》までは見えなかったけど」

「何カ月だと思う」

霜の説明に、昼兵衛が尋ねた。

「さあ、あたしも経験がないから。でもそれほどではないと思う。三カ月か四カ月か」

「ちょっと待っておくれ」

昼兵衛は手元の帳面を繰った。

「弓さんの前の奉公先は……讃岐屋《さぬきや》さんの若旦那で、期間は一年か。その期限前に奉公が終わっている。理由は弓さんの願い。気にはなっていたけど、ちょっとばたばたでゆっくり話できなかったのが、悔やまれるね。これは……」

「若旦那の子だろうね」

顔を見た昼兵衛に、霜がうなずいた。

「本人は当然」

「女だよ。気づかないはずはない。なにより、妾は身体で生きているんだ。毎月の月のものがいつ始まって、何日で終わったかとか。変な病気をもらってないか確かめるために、下りものの色とか匂いとかも確認する。子ができれば月のものは止まるし、いろいろな変化が出てくるんだ。弓さんは、知っているよ」

霜が保証した。

「ご苦労さま。話は少し置いてからにするよ」

「別に気遣わなくていいよ。明日は吾《わ》が身なんだから」

告げ口したと思われては、今後霜と弓の仲が悪くなる。そう考えた昼兵衛の言葉に、霜が首を振った。

「まあ、歳上の言葉に従いなさい。夕方に話をしに行くから」

「だったら、あたしは湯屋にでも行ってくるかねえ。昨日のぶんも入りたいから、ゆっくりしてくるよ」

「そうするといい」

昼兵衛も同意した。

「裸をただで見せるのは、もったいないけどねえ」

霜が文句を言った。

江戸の湯屋はどこでも女湯の上に二階があり、床に穴が開いていた。その穴から女湯が覗けた。こうすることで、男の客を呼びこむのだ。

「内湯は禁止だからねえ」

妾屋という商売をしている昼兵衛は、風呂の重要さをよくわかっている。だが、火元となりかねない内風呂を、幕府は町屋に許していなかった。

「じゃあ」

湯屋へ行くという霜を昼兵衛は見送った。

「そろそろいいか」

頃合いを見て、昼兵衛は二階に上がった。

「おや珍しい」

「……………」

姿を見せた昼兵衛に、二階にいた女二人がそれぞれの反応を見せた。

「おじゃましますよ」

昼兵衛は女たちが共同で寝起きしている座敷の入り口に腰を下ろした。

「……外したほうがいいかい」

昼兵衛の目が弓を見ていることに気づいたもう一人の女が気を利《き》かせた。

「いいえ。世津《せつ》さんもご一緒でかまいませんよ」

にこやかに昼兵衛は告げた。

「さて、お弓さん」

「……ひくっ」

名前を呼ばれただけで、弓がびくついた。

「わたくしの用件はおわかりでございますな」

「……ああ」

世津も理解した。

「……はい」

弓がうつむいた。

「一つだけ訊くよ。そのお腹の子の父親は、誰だい」

抜き身のような鋭い声で、昼兵衛が質問した。

「…………」

「黙っていてはわからないよ。返答次第によっては、覚悟をしてもらう」

昼兵衛の雰囲気がさらに厳しくなった。

「……………」

それでも弓は答えなかった。

「妾に浮気は御法度《ごはっと》。奉公中に旦那以外の男とつうじた妾は、姦通として殺されても文句が言えない。わかっているはずだ」

「そんな……」

世津が弓を見た。

男女の仲である。振った振られたは当たり前の話だが、妾にそれは許されなかった。妾は期間を決めて、給金をもらう奉公人であった。年季が明けるまで、妾はいっさい他の男との触れあいを避けなければならない。とくに妾屋をつうじて奉公に出た女が厳守しなければならない掟《おきて》であった。

「わたくしの店で仲介をさせていただいたときに、とくとお話しさせていただいたと思っておりますが、残念です。決まりを破られた以上、罰が与えられるのはおわかりでしょう」

返事をしない弓に、昼兵衛は氷のような言葉を浴びせた。

「だ、旦那。まだ浮気をしたと決まったわけではないと」

震えながら世津が口を出した。

「答えないだけで、有罪でございますよ。男女のことは、当事者以外わからないもの。だからこそ、情理を尽くして説明をし、理解を求めなければなりません。黙ってわかってくれは通用しない」

昼兵衛が口調を変えた。

「妾屋の紹介する女は信用第一。信用があればこそ、親元代わりもできる。事情があって、出自の村役人や町役人、菩提寺へ保証人を頼みたくても頼めない女たちにとって、それがどれだけ助かるか」

「……たしかに」

世津が認めた。

「妾屋の紹介する女は大丈夫だと信用されていればこそ、お客さまも身元をうるさく調べない。もし、わたくしの紹介した女が不義密通をしていたなどとなれば、山城屋の信用は崩れまする。妾屋の仁義として、暖簾を下ろさなければなりません」

「ちょ、旦那」

覚悟を口にした昼兵衛に世津が焦った。

「最後にもう一度訊きます。父親は誰だい」

「…………」

弓は口を開かなかった。

「そうかい。残念だよ」

昼兵衛が立ちあがった。

「世津さん、悪いね。今日で山城屋は店じまいだ。京屋《きようや》さんへ紹介状を書くからそちらを頼っておくれな」

普段の口調に戻った昼兵衛は世津へ告げた。

「冗談でしょう」

世津が首を振った。

「山城屋さんだからこそ、信頼して身を任せる相手を選んでもらっていました。もう、あたしも二十二歳。そろそろ妾稼業から足を洗う時期。もう一稼ぎして根岸辺りで茶屋でもしようかと思ってました。少しお金が足りないけど、妾を辞めます」

ため息を吐きながら、世津が言った。

「旦那、お世話になりました」

「こちらこそ。世津さんの評判はどこともよかった。こちらこそ、助かりましたよ」

昼兵衛が褒めた。

「旦那はどうなさいますので」

「今かかわっているお仕事をすませたら、隠居しますよ。幸い家もあるし、しばらく喰《く》えるくらいの蓄えはありますからね。店を譲ってやるつもりだった番頭にはかわいそうなことをしてしまいますが、まあ、そのぶん引き金を多めにしてやりましょう。では、片付けをしなきゃいけませんから。これで。三日後までには、出ていただきますよう」

「はい」

「…………」

世津が首肯し、弓はうなだれたままであった。

「無事ですむと思わないことね」

昼兵衛がいなくなったとたんに、世津が弓を睨《にら》みつけた。

「山城屋さんが潰れた。金に困った女が最後に頼れるところがなくなったんだ。身体を売るには違いないけど、毎夜違う男に抱かれる遊女にならずにすんでいた女のね。あんたのおかげで身売りするはめになったと知ったら……」

「……ひっっ」

すさまじい殺気を放つ世津に、弓が怯《おび》えた。

「あたしは黙っていないよ。直接手出しはしないけど、山城屋さんが暖簾を下ろさなきゃいけなくなった原因があんただと、顔見知りに吹聴してまわってやる」

「そんな……」

「他人の生きる術《すべ》を奪っておきながら、甘えるな」

泣きそうな顔をした弓へ、世津が返した。

「どうせ、若旦那に時期を見て、迎えに行くから、誰にも言わず黙っていてくれと言われたんだろうよ。そんなわけないだろう。なんで讃岐屋が主でさえない若旦那に妾をあてがったと思っているんだい。いいところからお内儀を迎える前に、変な女にたぶらかされないため。いわば当て馬だ。しかし、その当て馬に子ができてしまっては、本末転倒じゃないか」

「…………」

弓が呆然《ぼうぜん》としていた。

「今ごろ慌てて、若旦那の結婚相手を探しているだろうよ。婚姻の前に妾に子ができたと騒がれたら、どんな縁談だって潰れちまう。結婚さえしてしまえば、あとはどうとでもできる。なにより、三カ月も経ってしまえば、妾をするような女だ、腹の子も誰の子だかと言い逃れできる。あんたは、捨てられたんだよ。本来ならば、子供を引き取って養育し、あんたにも相応の金を渡さなきゃいけないのを、ごまかせるしね。あんたは、若旦那と讃岐屋に騙《だま》されたんだよ」

世津が馬鹿にした目で、弓を見た。

「そんなことはないわ。かならず迎えに行くから半年だけ我慢してくれって、若旦那が……」

激昂《げっこう》した弓が口を滑らせた。

「だそうでございますよ、山城屋さん」

襖《ふすま》の向こうへ世津が声をかけた。

「ありがとうよ」

襖を開けて昼兵衛が顔を出した。

「……あっ」

弓が口を押さえたが遅かった。

「話をしてもらうよ。まあ、しなくても、わたしは讃岐屋に行くけどね」

昼兵衛が弓に命じた。

# 第二章　女の欲望

## 一

来るか来ないかわからない相手を、密《ひそ》かに待つというのは辛い。

山形将左は谷中の山応寺の墓地を見渡せる鐘撞《つ》き堂の陰に潜んでいた。

「そろそろ日が暮れる。来るとすれば、他人目が少なくなった今ごろだが」

昼からとはいえ、二刻半（約五時間）も動かずに辛抱していたのだ。山形将左もいい加減くたびれていた。

「……来たか」

真新しい白木の墓標は、墓地のなかで目立つ。そこにお高祖頭巾《こそずきん》で顔を隠した武家らしい身形の女が近づいた。

「…………」

声が聞けるほど近くもなく、またそれほどの大きさでもないため、なにを言っているか山形将左には聞こえなかったが、お高祖頭巾の女が墓標へ話しかけているのはたしかであった。

「よかったじゃねえか。おめえの親はちゃんと悲しんでいてくれているぜ。世間体があるため引き取れなかったことを後悔しているしな」

山形将左が独りごちた。

やがてお高祖頭巾の女の泣き声は、山形将左の耳に届くほど大きくなった。

「しなきゃいけないとはいえ、嫌なまねよ」

小半刻ほどで墓を離れ、肩を落としながら歩くお高祖頭巾の後をつけながら、山形将左は頬をゆがめた。

「お付きの者か。やはり身分ある家だな」

山門を出たところで、女中と中間《ちゅうげん》、そして供侍《ともざむらい》がお高祖頭巾の女を守るように寄り添った。

人の後をつけるのは難しい。とくに日が暮れは面倒であった。灯《あか》りの原料となる油を節約するため、江戸の町はどことも暗くなると活動をやめる。つまり、日が暮れになると人通りがなくなるため、雑踏に紛れるというわけにはいかないのだ。さらに、暗くなると見通しが悪くなり、目標との距離を取るのが難しくなった。間合いを空《あ》けすぎると、辻を曲がっただけで見失うこともある。

山形将左は、懐手をしながら、わざと道のまんなかを歩いた。

浪人ながら、用心棒で金を稼いでいる山形将左の身形は悪くない。夜遊びに出た小旗本といった感じで、あえて身を隠さずに山形将左はお高祖頭巾の女をつけた。

「けっこう遠いな」

昌平橋で神田川をこえた一行は、川沿いを右に曲がり、やがて左手に拡がる武家町へと入っていった。

「表猿楽《さるがく》町あたりか。まずいな」

山形将左は困惑した。

江戸城に近いこのあたりは、旗本でも相応の名門屋敷が多い。身ぎれいとはいえ、山形将左の風体はふさわしくない。

「ちっ。残りやがったか」

辻で一行は左へ曲がったが、最後尾にいた供侍が山形将左を見ながら足を止めていた。

「ここで背を向けてもいいが、ちとあやつがどれくらい遣えるか、確かめるのもありだな」

山形将左は懐から手を出すとそのまま歩き続けた。

「卒爾《そつじ》ながら……」

供侍が山形将左を呼び止めた。

「拙者か」

山形将左が応じた。

「この夜分、どちらへお行きになられる」

「貴公は目付の衆か。そうは見えぬが」

問うた供侍へ山形将左が反問した。目付は黒の麻裃《あさがみしも》と決められている。一目で違うとわかるが、わざと山形将左は目付という名前を出した。

「目付ではございませぬが、この近くに住まいいたしておりますゆえ、あまりお見かけせぬ貴殿のことが気になりまして」

供侍がうまく逃げた。

「見かけぬのも当然だ。拙者はこのあたりの者ではないからの」

「では、このような刻限に、なぜここへ」

「お城の堀の深さを測ろうと思っての」

山形将左がからかった。夜分堀の深さを測るというのは、由井正雪《ゆいしょうせつ》の乱で一手の大将とされた丸橋忠弥《まるばしちゅうや》の物語に出てくる話だ。そういうことで、山形将左はわざと怪しい者だと告げた。

「なにを」

そのような答が返ってくるとは思わなかったのだろう。供侍が啞然《あぜん》とした。

「よいのか、主から離れて。ほれ、怪しい者が近づいているぞ」

山形将左は、供侍の後ろを見た。

「まさか……」

供侍があわてて振り向いた。

「ふん」

対峙《たいじ》している己を置いて、無防備に背中を晒《さら》す。山形将左は供侍の腕を見抜いた。

「偽りを申すな」

すぐになんともないと覚《さと》った供侍が、山形将左へ向き直った。

「左側の角から四軒目か」

山形将左は、しっかり供侍がどこを確認したかを見ていた。

「こやつ……」

引っかけられたことに気づいた供侍が、太刀の柄に手をかけた。

「やめておけ」

冷たい声で山形将左が制した。

「きさま、やはり後をつけていたな。何者だ」

「先ほども言ったはずだぞ。曲者《くせもの》だとな」

山形将左が告げた。

「ふざけたことを。名乗れ、名乗らなければ斬る」

太刀を抜いた供侍が、誰何《すいか》した。

「主家の名前と交換ならば、名乗ってやるぞ」

言いながら、山形将左は雪駄《せった》を脱いだ。

「……ふざけたことを」

さっと顔色を変えた供侍が太刀を上段にして、威圧してきた。

「拙者に気づくほどだから、少しは遣えるかと思ったが……」

構えを見た山形将左はあきれた。

「腰が浮きすぎている。太刀の切っ先は目で見てわかるくらい震えている。真剣での戦いの経験はないだろう」

「黙れ」

供侍が怒鳴った。

「面倒な」

山形将左は嘆息した。

「やああ」

「やめておけと言ったはずだが」

脅しのつもりか、届かない間合いで供侍が太刀を振り落としてきた。山形将左の半間（約九十センチメートル）手前を太刀が通り過ぎた。とたんに山形将左が動いた。

「えっ」

啞然とする供侍の懐へ飛びこんだ山形将左は、左手を摑むと強くひねった。

「離せ」

肘を逆に決められた供侍が苦鳴をあげた。

「真剣を他人に向けるというのは、反撃されても文句を言わない証《あかし》。本来ならば斬るところだが、主の情に免じて、腕だけで許してやる」

山形将左が摑んでいた手首を大きく下へ引いた。

「ぎゃっ」

「肘の筋を伸ばした。当分刀はおろか、ものも持てまい」

摑んでいた手首を離して山形将左は後ろへ跳んだ。

「おぬしの主はややこしいことにかかわった。己の意思かどうかは知らぬがな。おだやかな日々はもうないと思え。主を守りたいならば、剣を学べ。でなくば、身を退《ひ》くことだ」

雪駄を山形将左が履いた。

「次は斬る」

言い残して山形将左は背を向けた。

「忠義というのは、いつまで経ってもうっとうしいものだ」

苦い顔で山形将左が呟いた。


林出羽守忠勝は忠臣であった。

「上様、しばらく大奥へのお渡りはご遠慮くださいませ」

十一代将軍家斉と側室内証の方の間に生まれた綾姫《あや》が毒殺されかかった一件は、表沙汰《おもてざた》にならずにすんだが、なにもなかったとはいかなかった。

「……内証のことか」

家斉はすぐに理解した。

まだ家斉が将軍世子であったときに手をつけた相手が内証の方である。内証の方は、家斉との間に、一男三女をもうけていた。が、そのうち嫡男であった竹千代《たけちよ》と、次女の二人が夭折《ようせつ》していた。

「綾姫さまのお食事に……」

「毒」

家斉が厳しい顔をした。

「竹千代と、名も与えられなかった姫だけでなく、綾まで狙うとは」

唇の端を家斉が食い破っていた。

「上様……」

林出羽守が気遣った。

「綾は無事なのだな」

「はい。あの女が役立ちましてございまする」

経緯を林出羽守が報告した。

「手を下した者はどうした」

「お内証の方さまの局にいた女中が一人、行き方知れずになっておりまする」

問われた林出羽守が答えた。

「行き方知れず……死んでいるな」

「はい」

家斉の言葉に林出羽守が首肯した。

大奥は閉じられている。出入りは七つ口しかないのだ。逃げ出すことはできない。

かといっていつまでも隠れてもいられない。食事に着替え、用便と、人には避けてとおれない生理がある。匿《かくま》うにしても、これらの用件が邪魔になる。

そして生者よりも始末に負えないのが死者であった。死人は自分から動いて、他人目を避けてくれない。また、人の死体は大きくかさばるうえに、腐って臭う。

だが、死体には最大の利点があった。死体は、なにもしゃべらない。たとえ見つかっても、誰の指示であったかなどがばれる心配はなかった。

「厠か」

「おそらく」

林出羽守が同意した。

大奥の厠はまっすぐ掘られた縦穴になっており、その深さは何丈にも及ぶ。くみ取ることを考えに入れず、あるていど溜《た》まれば、別のところに穴を掘り、厠ごと移すのだ。落とされれば、永遠に見つからなかった。

「その女中の身元はどうなっている」

「調べさせましたが……」

苦渋の表情を林出羽守が浮かべた。

「親元がございませなんだ」

「どういうことだ。大奥へあがるには、それなりの身分と親元が要るはずであろう」

家斉が詰問した。

「たしかに奥右筆のもとに女中の身上書の控えはございましたが……調べましたところ、実在しておりませなんだ」

「虚偽だったと申すのだな」

「申しわけもございませぬ」

林出羽守が頭をさげた。

「そなたが詫《わ》びることではない。奥右筆はなにをしている」

詫びる林出羽守を許し、家斉が書付を扱った奥右筆に怒った。

「お責めになられませぬようにお願いをいたしまする。奥右筆は幕府すべての書付を担っておりますれば、大奥から回ってきた女中の身上書まで一々調べてはおれませぬ」

林出羽守が奥右筆をかばった。

奥右筆は五代将軍綱吉が、老中たちに奪われていた政《まつりごと》の実権を取り戻すために新設した役職であった。令の発布から大名旗本の婚姻相続まで、幕府の表にかかわるすべての書付を扱った。老中の命令であろうが、奥右筆の筆が入らなければ効力を発揮しないのだ。身分は小姓組頭に比べてはるかに低いが、その権は大きい。家斉の寵臣《ちょうしん》である林出羽守といえども軽視できる相手ではなかった。

「敵は大奥……」

家斉は聡明である。すぐに林出羽守の言いたいことを見抜いた。

「はい。身元さえ確定できぬ女を大奥へ迎え入れ、それをお内証の方さまの局へ入れる。なかから手引きがなければできますまい」

「誰だ、その手引きをした者は」

「まだわかりませぬ。一応調べてはおりまするが、なにぶん表だって動くわけには参りませぬし、大奥は男子禁制でございまする」

林出羽守が嘆息した。

大奥は将軍の閨である。ここで将軍は女を抱き、子供を作る。庶民でさえ、姦通は大問題なのだ。将軍の側室に不義密通の疑いがあっては、大事である。

将軍の子供が、他の男の血を引いている。

疑いがあるだけで、天下は揺らぐ。

乱世を統一し、江戸に幕府を作った徳川家康は、将軍の世襲制を定めた。かならずや家康の子孫が将軍位を受け継いでいくよう、万一に備えて御三家という格別の一門まで設けた。そこまでして血筋にこだわった徳川である。将軍の血筋に毛ほどの疑念も許されない。こうして将軍の閨たる大奥は、男子禁制となった。

もちろん、完全に男子を禁じることなどできない。医師はもちろんのこと、大奥の破損を修復する大工、庭師なども出入りはする。ただ、小姓組頭を始めとする旗本は、大奥へ入れなかった。理由がないからであった。いや、理由を持つ目付も実際は、足を踏み入れられなかった。もし、不義を疑われれば、待っているのは改易《かいえき》と死なのだ。

「そなたが入れた手の者を使えばよかろう」

家斉が言った。

「一人で、綾姫さまとお内証の方さまを守り、そのうえ探索までは無理でございまする」

「では、もう数人大奥へ入れればよかろう」

無理だと否定する林出羽守へ、家斉が続けた。

「大奥でうまく立ち回れるほどの女はそうそうおりませぬ」

林出羽守が小さく首を振った。

「あの女を斡旋した妾屋とやらに命じればよかろう」

「……難しいかと思いまするが、一度話をいたしてみまする」

将軍にそこまで言われてはしかたがなかった。林出羽守が引き受けた。

「内証に及ばぬようにの」

男にとって初めての女は格別である。すでに男女としての交流は終えている内証の方を家斉はたいせつにしていた。

「お任せくださいませ」

林出羽守が深く頭を下げた。

## 二

八重の親元を引き受けたのは林出羽守の遠縁にあたる小旗本林伊之佐である。一族の出世頭、飛ぶ鳥を落とす勢いの小姓組頭林出羽守から頼まれては、断りようもない。

「後日、相応の礼は用意しておる」

ちゃんと林出羽守は餌《えさ》もぶら下げた。林伊之佐は喜んで八重を娘分としていた。

「林さまでございますか」

「そうだが。そなたは誰だ」

屋敷を出たところで、林伊之佐は身形のいい商人から声をかけられた。

「ご無礼を申しあげました。わたくし小網町で商いをしておりまする灘屋《なだや》でございまする」

「灘屋、初めて聞く名前だが……」

林伊之佐が警戒した。

「はい。わたくしはただの使いでございまして。失礼ながら、お娘さまが大奥へあがっておられる林さまでまちがいはございませんか」

「……なんだ」

「これをお預かりして参りました」

懐から手紙を取り出して、灘屋が差し出した。

「手紙……どなたからだ」

「大奥中臈月島さまでございますよ。ご存じないやも知れませぬが、大奥で一といって二と下がらない実力をお持ちのお方でございまする」

灘屋が自慢するように告げた。

「そのようなお方さまからお手紙を……」

「ご返事は明後日《あさって》お屋敷までちょうだいに参上いたしまする」

林伊之佐の返答を待たず、灘屋が去っていった。

「……無礼な」

応答も聞かずに離れていった灘屋に林伊之佐が怒った。

「さて、どうするか」

林伊之佐は手紙を手に悩んだ。

「大奥の中臈となれば、娘分とした女にかかわっているに違いない。儂《わし》宛ゆえ、手紙を見てもなんの問題もないが……出羽守どのの機嫌を損ねるやも知れぬ」

親子とは言わないが、叔父甥くらいには歳の離れている林出羽守のことを、林伊之佐は怖《おそ》れていた。

「しかし、儂にとっていい話であるやも」

林伊之佐が迷った。

「いや、止《や》めておこう」

封へ伸ばした指を林伊之佐が戻した。

「出羽守どのは、おそろしい。裏切ったとなれば……」

小さく震えた林伊之佐は手紙をそのまま懐に入れると、林出羽守の屋敷へと向かった。

勤めを終えて屋敷へ戻った林出羽守は、用人から手紙を受け取った。

「これを林伊之佐さまが、殿へと」

「ふむ」

受け取った林出羽守は、すばやく手紙の封を確認した。

「ほう。小普請組の期間が長いと聞いていたが、なかなかやるではないか」

封緘《ふうかん》されたままとわかった林出羽守が感心した。

「…………」

小柄で封を切った林出羽守が手紙を読んだ。

「愚かな」

林出羽守があきれた。手紙には、娘を上様のお側へあげるために、内証の方の局から月島の局への異動を願うよう書かれていた。

「その代償が、小普請組からの引きあげ……安いことだ」

月島の誘いを林出羽守が嘲笑した。

「八重に目を付けるところはいいが、お内証の方さま付と知りながら、引き抜きをかける。これはお内証の方さまへの敬意が足りぬ証。罰を与えねばならぬ」

林出羽守が思案した。

「……利用できるか」

しばらく考えた林出羽守が独りごちた。

「お内証の方さまを守る手立てとして使えよう」

林出羽守が小さく笑った。

「その前に、妾屋と会わねばなるまい」

手を叩いて林出羽守が用人を呼んだ。

小姓組頭は番方に入る。朝から夕方までの日勤、朝から翌朝までの宿直《とのい》番、非番を繰り返し、交代で休みを取る。

ただお側去らずと言われるほど寵愛を受ける林出羽守は、当番でなくとも登城し、家斉の用に備えていた。ただ、当番の小姓組頭の顔もあるので、非番の日は御座の間まで伺候せず、小姓組頭の控えである下の間で待っていた。

「少し出て参る。もし上様よりお呼びがあれば、出羽は夕刻には戻りますと申しあげてくれ」

家斉の機嫌は政務で忙しい午前中に傾くことが多い。家斉の昼餉《ひるげ》がすむまで待機していた林出羽守は、顔見知りのお城坊主へ頼んで江戸城を出た。

「主はおるか」

林出羽守は供も連れず、一人で山城屋の暖簾を潜った。

「……林さま」

帳場にいた昼兵衛は驚愕した。

「お一人で……ご身分をお考えいただきませんと」

「白昼堂々、お膝元でなにがあるというのだ」

忠告する昼兵衛へ、林出羽守が嘯いた。

「ご威光を感じぬ輩もおりまする。せめて警固のお方をお供になされませ」

「うるさいやつじゃの」

林出羽守が文句を言った。

「それが年寄りの役というものでございまする」

「わかった」

面倒臭そうに林出羽守が、手を振った。

「御用の趣はなんでございましょう」

それ以上は失礼になる。昼兵衛は話を切り替えた。

「身投げした女の身元だが知れたか」

「はい。表猿楽町の旗本成瀬《なるせ》但馬《たじま》さまのご長女」

「ほう」

林出羽守が少し目を大きくした。

「よくわかったな」

「林さまもご存じでございましたか」

昼兵衛は驚いた。

「成瀬は知らぬがな。大奥で最近出ていった女を調べさせたら、当たったわ」

経緯を林出羽守が語った。

「こちらは……」

「墓からたぐったか。やるの」

満足そうに林出羽守が述べた。

「他にはどうだ」

「……襲われましてございまする」

「誰にだ」

「わかりませぬ。川勝屋を追い詰めた日の夜に、店へ侍が二人」

わざと昼兵衛は刺客が尾張の藩士だったことを隠した。

「川勝屋……お内証の方さまのもとへ納めた食材に細工をしたやつだな」

「さようでございまする」

確認に昼兵衛はうなずいた。

「締めあげるか」

「わたくしどもには、できませぬ」

小姓組頭の依頼で動いているとはいえ、表には出せないのだ。昼兵衛はあくまでも、妾屋の主人でしかない。川勝屋にどのような疑いがあろうとも、手出しはできなかった。

「町奉行にさせたいところだが、ことは表沙汰にできぬ。大奥へ瑕疵《かし》のある品を納めたとして、出入りを禁じるしかないな。御広敷《おひろしき》は現物を見ておるからな。どれほど川勝屋から金をもらっていても、文句は言えぬ。川勝屋をかばえば……潰す」

林出羽守が言った。

「そちらはお任せをいたしまする」

かかわりになりたくないと、昼兵衛は逃げた。

「うむ」

大きく林出羽守が首肯した。

「ところで山城屋」

「なんでございましょう」

話が変わったと昼兵衛は理解した。

「八重のような女をあと二人ほど用意できぬか」

「無理でございまする」

即座に昼兵衛は否定した。

「大奥で女中が務まる女ならば、十人でも用意いたしまするが、命の危機を平気で乗りこえ、その上機転の利くなど、八重さま以外におられませぬ」

「他の妾屋に訊いても無駄か」

「ひょっとすると……」

「なんだ」

林出羽守が身を乗り出した。

「京の公家衆《くげ》の娘さんならば、大奥でもやっていけるのでは」

「公家の娘か」

「はい。教養は問題ございますまい。そして、京からはるかに離れた江戸へ、それも武家の女ばかりの大奥へ奉公しようという女ならば、覚悟もできておりましょう」

　昼兵衛は述べた。

「無理だな。公家の娘では、命の危難に対応できまい」

　はっきりと林出羽守が否定した。

「八重は己が殺されかかった経験を持つ。だけに肚《はら》ができている」

「…………」

「引っかけようとしたな」

　林出羽守が黙った昼兵衛を睨んだ。

「ことがすんでも、八重さまを大奥へ留《とど》めようとお考えでございましょう」

　逆に昼兵衛が切り返した。

「……惜しすぎる」

　苦い顔で林出羽守が認めた。

「あれだけの女は、まずおらぬ。上様の側室としても十分だ。まあ、それにかんしては、伊達とのことがあるゆえ、あきらめているが……」

　八重は弟によき師匠を付けて勉学をさせるための費用を稼ごうとして、妾になる決意をし、昼兵衛の仲介で仙台伊達藩主の側室となった。この経歴が、八重に家斉の手がつかない最大の理由であった。

「まちがいなく、八重は右衛門佐《うえもんのすけ》どの以来、いや、春日局さま以来の大奥総取り締まり役を務められる女である」

春日局は大奥を創始した女丈夫であり、右衛門佐は五代将軍綱吉の時代、御台所《みだいどころ》鷹司信子《たかつかさのぶこ》に代わって大奥を差配した女傑である。林出羽守は、八重を歴代の大奥総取り締まり役と比した。

「できましょう。八重さまならば」

昼兵衛も同意した。

「ならばよいであろう。八重が大奥総取り締まり役になれば上様もご安心なされる。そなたたちも皆旗本となれるぞ」

認めた昼兵衛に、林出羽守が述べた。

「男にとって、妾とはやすらぐべきもの。大奥で上様がおくつろぎになられるのは、なによりと存じますが……」

一度昼兵衛は言葉を切った。

「わたくしどもが、お旗本さまに……ご冗談を」

昼兵衛が小さく笑った。

「なにが不満だ」

「外面《そとづら》を取り繕って生きるなどご免でございますな」

「………」

林出羽守の眉がひそめられた。

「喰いたいものを喰いたいときに喰らい、眠りたいときに寝る。疲れたならば、仕事を休む。庶民なればこそ許されることで」

「旗本になれば、禄が保証される。明日喰えなくなるのではないかという怖れはなくなる。確実に明日が、一年先が、いや百年先があると言えるのだぞ」

利を林出羽守が説いた。

「それだけのために、きままな生活を売り渡す気にはなりません」

はっきりと昼兵衛は首を振った。

「もし、八重さまを大奥へ無理矢理閉じこめようとなさったならば……」

「どうすると言うのだ」

林出羽守が表情を硬くした。

「わたくしどもが敵に回りまする」

「…………」

感情のない声で告げた林出羽守が沈黙した。

「妾屋は女の味方でございまする。無理強《じ》いする男を排除するのも、妾屋の仕事でございまする」

「排除するか……」

繰り返しながら林出羽守が昼兵衛を見た。

「わかった。八重のことはあきらめよう。ただ、状況が予断を許さぬ。三カ月という期間だけは、融通してくれ」

林出羽守があっさり折れた。

「…………」

今度は昼兵衛が黙った。

「吾が要求を呑んだことが、そこまで意外か」

「正直を申しあげますと」

苦笑を浮かべる林出羽守へ、昼兵衛はうなずいてみせた。

「妾屋はいろいろなところに繋がっている。御三家から寛永寺《かんえいじ》まで、妾屋の手がどこまで伸びているかは、吾でも把握できていない。吾より幕府への影響は強い」

「なにを言われますか」

今度は昼兵衛が苦笑を浮かべた。

「あと五年あれば、吾が勝てた。だが、今の吾ではそなたたちに及ばぬ。いや、いい勝負ができるかも知れぬが、吾は上様のお側におらねばならぬ。相討ちでは、吾の負けなのだ。名君であらせられるが上様には、お味方が少ない」

林出羽守が頬をゆがめた。

「お側では、僭越《せんえつ》ながら吾と小姓の水野《みずの》虎之助《とらのすけ》くらいしか、真に上様のことを考えている者はおらぬ。そして大奥では……御台所さまは上様のお味方だが、あまりになにもご存じない。となれば……」

苦渋の表情を、林出羽守が浮かべた。

「お内証の方さまだけが、上様をお支えくださっている」

「お一人だけでございますか」

「そうだ。上様のお手がついている者は、十人近い。しかし……」

林出羽守が嘆息した。

「誰もが、上様の御子を産もうとしか考えていない。それはいい。側室の本分だからな。だが、その後ろに、己の産んだ子を利用しようという野心が見える」

「それがお内証の方さまにはないと」

「……今はの」

なんとも言えない顔で、林出羽守が認めた。

「今はと仰せられましたが、かつては……」

「ああ。お内証の方さまは知らぬが、やはりご実家がな」

娘に将軍の手がついただけでも名誉なことなのに、その上長男まで産んだ。内証の方の実家が狂喜乱舞したのは当然であった。

徳川家には長幼の順という、神君家康公の定めた不文律があった。つまり、最初に生まれた男子が、次の将軍となるのだ。

次期将軍の外祖父。だからといって老中になれるわけではないが、その影響力は大きい。新しい将軍へすり寄り、権力の輪のなかに入りたいと願う者が、近づいてくるのだ。もちろん、手ぶらではない。相応な金や物品を携えて来るのだ。

なにより、将軍の外祖父が小旗本のままでは外聞にかかわる。少なくとも名門と言われるだけの格と石高は与えられる。うまくすれば、万石をこえて大名となれるかも知れなかった。

内証の方が竹千代を産んだと聞いた実家が、早速娘にいろいろな頼みごとをしたのはたしかであり、それに応じようと内証の方が、家斉に甘えたのも無理ないことであった。

「だが、お内証の方さまの産まれたご男子は亡くなってしまった」

竹千代は二歳の誕生日を目前に夭折した。家斉は落胆し、内証の方は悲しんだ。

「それからお内証の方さまは変わられた。お内証の方さまは、知られたのだろうなあ。将軍の世継ぎを産むことの怖ろしさを」

「………………」

昼兵衛は顔色を変えた。

「竹千代さまは害された。誰とも知れぬ相手によってな。それをお内証の方さまに教えた奴がいる」

林出羽守が唇を嚙《か》んだ。

「なんという……」

母が子供の死の真相を知る。それも己が長男を産んだことを利用した結果だと教えられたのだ。その辛さは男にわかるものではなかった。昼兵衛が頬をゆがめた。

「頑是《がんぜ》ない幼児を殺してでも、権を手にしたいと考える者はいくらでもいる。なにも将軍にかぎったことではあるまい。巷《ちまた》でもあろう」

「ございまする。とくに大店では、珍しいことでもございませぬ。妾が孕んだと知ったとたん、無頼の者を雇い襲わせるお内儀というのも多うございまする」

確認した林出羽守に、昼兵衛は同意した。

「そういうときは、どうするのだ、妾屋は」

林出羽守が訊いた。

「妾屋はなにも番犬としてだけ、用心棒を抱えているわけではございませぬ」

「……なるほどな。町奉行には聞かせられぬな」

聞いた林出羽守が、嘆息した。

「大事ございませぬ。さすがにお命をちょうだいするようなまねはいたしませぬの

だくだけで。ただ、二度とそういうことを考えられないように、少しだけいじめさせていた

人を殺したとなれば、大問題となる。昼兵衛は手を振った。

「内儀はそうだろうが、手を出した無頼はどうなる」

「無頼など、いなくなったところで、誰も気にしませぬ」

淡々と昼兵衛は応えた。

「ふん」

鼻先で林出羽守が笑った。

「話がずれたの。竹千代さまを失ったお内証の方さまは、将軍となることの闇を見られた。それから、ずっとお内証の方さまは、家斉さまをお大事に思われるようになった。共に竹千代さまの死を嘆かれた共感が大きかったのだろう。もちろん、上様の初めての相手としての想いもあったろうがな。他のご側室方が、上様のお渡りを願って、いろいろ策謀しているのを横目に、一人お出でを待たれるだけになられた。もちろん、上様へなにかを強請《ねだ》るということもなさらなくなった」

「それを……」

「どうして男子禁制の大奥での話を、吾が知っているかと言いたいのであろう。すべては上様がお教えくださった」

誇らしげに林出羽守が胸を張った。

林出羽守は、家斉がまだ世子のときから仕え、男色の相手もしていた。内証の方を初めとして女を知った家斉が男色に興味を失ったため、期間は短かったとはいえ、君臣をこえた仲であったのはたしかであった。

「表で二人、奥で一人。これだけなのだ」

表情を一転させて、林出羽守が肩を落とした。

「ふざけたお話でございますな」

昼兵衛が怒った。

「側室方がどれほどのご身分かは存じませんが、妾でございましょう。その妾が、旦那に気苦労をかけるなど、論外」

「おぬしならどうする」

林出羽守が水を向けた。

「素裸に剝《む》いて、外に放り出しまする」

「……ふふふ」

おもしろそうに林出羽守が笑った。

「それができれば、どれほど愉快であろうかの」

「無理でございますな」

「ああ。なにせ、相手は上様のご寵愛を得て、子までなしているからな」

林出羽守が笑いを引っこめた。

「……林さま。お代金をいただけますか」

「なんだ」

不意に言い出した昼兵衛へ、林出羽守が怪訝《けげん》な顔をした。

「金ならば、手厚くしてやると申したはずだが……」

「わたくしは、伊達や酔狂で妾屋をしておるわけではございませぬ。商いでございまする。商いは客がいて初めて成りたつもの。妾屋の場合は、旦那が金を払ってくれなければ、客ではございませぬ。客でない相手に、わたくしはなにもいたしませぬ」

昼兵衛が語った。

「だから金は……」

「上様からお代金をちょうだいいたしたく存じまする」

「……なんだと」

驚きのあまり、一瞬林出羽守の反応が止まった。

「大奥は上様の妾を扱うところ。ならば、わたくしのお客となられるのは、林さまではなく、上様でございましょう」

「無礼なことを申すな」

さすがの林出羽守が目を剝いた。

「客でないお方のためには、なにもいたしませぬ」

「だから、吾が金を払うと言っておる」

「それでは、林さまがわたくしのお客となられただけ。わたくしは、林さまにお妾を斡旋いたせばよろしいのでございますな。ちょうど、よい女がおりまする。おい、世津さんを呼んでおいで」

「待て」

番頭へ命じた昼兵衛を林出羽守が止めた。

「吾に妾はいらぬ」

「ならば、林さまからお金はいただけませぬ」

昼兵衛は言い返した。

「…………」

林出羽守がじっと昼兵衛を睨んだ。

「…………」

ほほえみながら昼兵衛も見つめた。

「商いか」

「はい。商人の命でございますな。商いには、信義が伴いまする」

「……切に欲しいと思うぞ。その胆力」

大きく林出羽守がため息を吐いた。

「応諾したとは言えぬ。だが、上様に願ってみよう」

「お手数をおかけいたしまする」

昼兵衛が礼を述べた。

「山城屋」

「はい」

声をかけられて昼兵衛が応じた。

「覚悟をしておけ」

「…………」

無言で昼兵衛は頭を下げた。林出羽守が出ていくまで、昼兵衛は顔をあげなかった。

三

八重の活躍で、綾姫の殺害は防げたが、状態は変わっていなかった。

局奥の間で寝ている綾姫の枕元に座った内証の方が、その額《ひたい》をそっと撫《な》でた。

「綾姫さま」

お腹を痛めて産んだ吾が子とはいえ、娘は将軍の姫である。側室という奉公人でしかない内証の方は、娘を敬称なしで呼ぶことさえ許されなかった。

「お方さま、少しお休みになられませぬと」

内証の方付、小上臈の東雲《しののめ》が案じた。

「わたくしは大事ありませぬ」

目の前で娘の首を絞められかけたのだ。内証の方が側を離れようとしないのも当然であった。

「竹千代さまも、わたくしが注意していれば……」

後悔の言葉を内証の方が口にした。

「お方さま……」

東雲が泣きそうな顔をした。

「…………」

黙って東雲が次の間へ下がった。

「八重を」

東雲が控えていたお次へ命じた。

「ただちに」

お次が二の間への襖を開けた。

「八重」

「これに」

二の間の向こう、控えの間にいた八重は返答した。

「東雲さまがお呼びである」

「はい」

八重が控えの間から膝行《しっこう》した。

綾姫の命を救った功労者とはいえ、八重は三の間という低い身分でしかない。綾姫の寝ている上の間からずっと離れた控えの間で待機していなければならなかった。

「参ったか。近《ちこ》う」

次の間の敷居手前で手をついた八重を、東雲が招いた。

「よろしいのでございますか」

新参者があまり目立つようなまねをするのはどうかと、八重がためらった。

「今さらなにを遠慮している」

東雲があきれた。綾姫危機のとき、八重は身分をこえて指示を出していた。

「……はい」

言われてしまえばそのとおりである。八重は一礼して、東雲の前へ膝を揃《そろ》えた。

「じつは、お方さまがお休みくださらぬ」

「やはり左様でございましたか」

八重はそっと息を吐いた。

「このままでは、お方さまが倒れてしまう」

東雲が八重を見た。

「お任せいただけましょうか」

「頼む」

言う八重へ、東雲が少しだけとはいえ、頭を下げた。

「ご無礼いたしまする」

八重はそのまま奥の間への襖を開けた。

「誰じゃ」

するどく内証の方の声が誰何してきた。

「お方さま、八重でございまする」

八重は一度顔をあげてみせてから、平伏した。

「そなたか」

ほっと内証の方が気を緩めた。

「お側へ寄らせていただいてもよろしゅうございまするか」

「よい」

綾姫の命を二度救った八重を、内証の方は信頼していた。

「ご免をくださいませ」

両手と膝を使って、八重は綾姫の夜具の足下へと寄った。

「そなたも妾に次の間で休めと申すか」

疑うような声音で、内証の方が言った。

「いいえ」

八重は首を振った。

「そうなのか」

内証の方がほっとした。

「お方さまにお休みいただきたいのは同じでございまするが、姫さまのお側を離れていただくわけにはいかぬと存じておりまする」

「…………」

怪訝な顔を内証の方がした。

「お伺いいたしてもよろしゅうございましょうか」

身分低い者は許しを得ないと、主君へ問いを発してはならないのが決まりである。

「よいぞ」

求めに内証の方が許諾を与えた。

「ありがとうございまする」

質問の前に礼を言うのも礼儀である。

「お方さまには、綾姫さまがお生まれのころに、お添い寝をなされたことはございましょうや」

「したが……」

「あいにく、わたくしは母となる栄に浴してはおりませぬが、子であったことはございました」

内証の方が首肯するのを確認して、八重は続けた。

「母が隣で寝てくれたとき、どれほどわたくしは安心いたしましたか。子供のころというのは、夜の闇が怖ろしいものでございました。灯りが消えれば、目を閉じれば、なにか化けものが現れて、襲い来るのではないかと怯えたものでございました。しかし、それも母が隣にいてくれるだけで、霧散いたしました」

「……そうであったな」

内証の方が気づいた。

「綾姫さまは、きっと怖がっておられまする。それを消せるのは、ただ母の温《ぬく》もりでございまする」

「わかった。東雲をここへ」

「はい。ご無礼を申しあげました」

一礼してから、八重は次の間へ戻った。

「お方さまが東雲さまを」

「うむ」

入れ替わりに東雲が奥の間へと入った。

「…………」

しばらくして東雲が静かに次の間へと戻ってきた。

「お休みになられた」

「ああっ」

「それはよろしゅうございました」

東雲の報告に、緊迫していた次の間の雰囲気がほどけた。

「八重。ご苦労であった」

「いいえ。わたくしはなにもいたしておりませぬ」

褒められて八重は首を振った。

「これは、お方さまのご命である」

厳格な口調に変わった東雲が、告げた。

「奥の間に詰めよとのご諚《じょう》である」

「それは……」

八重が戸惑った。三の間は掃除などを担当する雑用係である。かろうじてお末よりましという身分でしかなかった。とても奥の間に常駐などできなかった。

「断ることなどできぬぞ。これはお方さまのたってのご希望でもある」

「……承知いたしましてございまする」

そこまで言われては拒めなかった。八重は引き受けた。

「ついては、そなたを局に任じる」

「とんでもございませぬ」

八重が息を呑んだ。

局とは役職である。内証の方の局という場所と混同されやすいが、その局の雑用一切を担当する。身分としては、内証の方の家臣となるため、陪臣に落ちることになるが、その任の性格上、将軍と話すことも許されていて、直臣に等しい扱いを受ける。また、雑用一切を請け負うことから、局の勘定方も兼任し、その力は小上臈東雲と遜色《そんしょく》なかった。

「これもお方さまのお言葉である。よいな」

東雲が八重よりも、周囲にいる女中たちへ聞かせるように言った。出る杭《くい》は打たれる。新参者の出世は妬まれやすい。この危急のとき、仲間内で騒動を起こすわけにはいかなかった。

「はい」

「承知いたしましてございまする」

女中たちが次々に諾を口にした。

「…………」

一同を見回した東雲が満足そうにうなずいた。

「よいか。もう一つ。局に属している者以外は、誰であっても二の間までしか通すな。それ以上奥へ入ろうとしたならば、遠慮なく排除いたせ」

「誰でも……よろしいのでございまするか」

将軍の寵姫《ちょうき》のもとへは、いろいろなところから使者が来る。御台所の使者を始め、大奥の上臈、御三家の使いなど、かなり身分の高い者も少なくはなかった。

「かまわぬ。二度とあのようなことがないようにせよと、上様よりお許しもいただいておる。我らの命に代えても綾姫さまをお守りする。わかったな」

強く東雲が宣した。


綾姫の命が狙われたことは、秘された。娘の命を狙われるほど、嫌われていると してこれは内証の方の醜聞となるからである。それに上様の姫を守れなかったというのも、非難の材料となる。

しかし、噂はしっかりと大奥に流れていた。

「ちょうどよいな。八重を引き抜く交渉を進められる」

中臈月島がほくそ笑んだ。

「内証の方さまに付いているのは、東雲であったな」

「はい。お呼びしますか」

月島付の女中柳川が問うた。

「うむ。仏間までな」

「ただちに」

柳川がすぐに動いた。

中臈は大奥に二十人以上いた。これにお手つきとなったことで中臈格を与えられた者は含まれていない。このことからもわかるように、お手つきの中臈は一段下として扱われていた。

また、お手つきでない清い中臈にも格はあり、歴代将軍家の位牌《いはい》が祀《まつ》られている仏間を担当する者がもっとも上とされていた。

月島は仏間担当の中臈で、最先任として、大きな権を振るっていた。

「わたくしを、月島どのが」

東雲が驚愕した。

「お仏間までお出で願いたいとのことでございまする」

「すぐに」

柳川の伝言に、東雲は従うしかなかった。

大奥の仏間は将軍家嫡男の住居である宇治の間近くにあり、大奥へ将軍が渡ったときの居室に当たる小座敷からもさほど離れていなかった。それだけに、用のない者が近づくことはできず、人気《ひとけ》はほとんどなかった。

呼んだとはいえ、担当でもない者を仏間へ入れるわけにはいかない。月島は仏間に付けられている次の間で待っていた。

「お出でか」

尊大に月島は、東雲を迎えた。

「何用でございまするか」

東雲が警戒した。

「うむ」

うなずいただけで、月島は話し出さなかった。

「月島どの……」

待ちくたびれた東雲が促した。

「………」

それでも月島は無言であった。

「お話がなければ、戻らせていただきまする。多用でございますれば」

東雲も、暇ではない。非礼を承知で東雲が腰をあげかけた。

「噂を聞きました」

月島が言葉を発した。

「………」

今度は東雲が黙った。

「お内証の方さまのお末が、綾姫さまのお首を絞めたというが、まことでござるか」

「……とんでもないことを」

一瞬詰まった東雲が、否定した。

「噂じゃ。噂。他にも卵がどうかしたとかも聞いた」

小さく笑いながら月島が加えた。

「……なんのことで」

東雲がとぼけた。

「ところで一つ頼みがござる」

噂の話を追及せず、月島が話を変えた。

「お頼みごととは」

「そう硬くならずとも。たいしたことではござらぬでな」

一層警戒を強めた東雲へ、月島が手を振った。

「そちらに八重と申す女中が」

「……おりまするが」

東雲が緊張した。

「いただきたい」

単刀直入に月島が頼んだ。

「はあっ」

不意なことに、東雲が間の抜けた返答をした。

「妾の女中として欲しい」

「なにを。無理でございまする」

もう一度言われて、はっきりと東雲が拒んだ。

「先ほどの噂を、上様がお出でのおりにお話を申しあげようかと思っておりましてな」

「な、なんという……しかし、無駄でございまする。上様にはすでにお方さまより内々に言上いたしておりまする」

東雲が安堵した。

「上様はご存じでも、御台所さまはいかがであろうかの。大奥は御台さまの場である」

「……くっ」

月島の追撃に、東雲が顔をゆがめた。

大奥の主は将軍ではなく、御台所であった。家斉の寵愛深い内証の方といえども、形式として、御台所である茂《しげ》姫の奉公人でしかないのだ。

「御台さまのご機嫌がどうなるかの。大奥では御台さまのお言葉がすべて。上様といえども、覆すことはできぬ」

月島が勝ち誇った。口調も一層尊大になった。

「どうだ。女中を一人寄こすだけで、妾は口を閉じる。もちろん、他の仏間詰めの女中たちも黙らせよう」

「折角のお話ではございまするが、八重は先日お方さまの命により、三の間から局へと籍を替えましてございますれば、お方さまの許しなく、わたくしが返答させていただくわけには参りませぬ」

局は内証の方の奉公人である。異動には内証の方の許諾が要った。

「それはつごうがよい。奉公人なれば、お方さまのご内諾だけですむ。三の間のままであれば、右筆に届け出て、表の許しを待たねばならぬところであった」

ちょうどよいと月島が喜んだ。

「ご返事をいただいてくれ」

「お方さまは、ただいまお疲れでございまする。急かされては……」

娘が殺されかかったのだ。母親の心労の多さ、重さは想像に難くない。暗に無理をかけて内証の方の具合が悪くなったときの責任は、そちらだと東雲が匂わせた。

「……わかっておる。なれど、無期限では困る。そうよな、五日。五日後の夕刻までに色よいご返事がなければ、妾の口はあぶられた貝となる」

あぶられた貝の口は大きく開き、二度と閉じることはない。月島は五日以内に八重を寄こさないと、噂をしゃべると告げた。

「わかりましてございまする。では、これにて」

仏間を後にし、局へ戻った東雲は、八重を片隅へ呼んだ。

「そなた月島どのを存じおるか」

「月島さま……」

名前に思い当たらなかった八重が首をかしげた。

「やせた目つきの鋭い不惑ほどの中臈だ。そのくせ紅だけは真っ赤な」

敬意のかけらもない言いかたで、東雲が説明した。

「それならば、先日声をかけられましてございまする。上様の側へあがらぬかと」

八重が思い出した。

「そなたの美貌に目を付けたか。そなたを己の局のものとして、上様のお側にあげ、その伝手で、年寄り役へ出世しようと考えたな」

東雲が苦い顔をした。

「お断り申しあげましたが」

困惑した八重が首を振った。

「断られたていどであきらめるようでは、仏間の中臈などできぬ。あやつめ、お内証の方さまを脅してきたわ」

話の内容を東雲が語った。

「……いかがいたしましょう」

大奥での日が浅いだけに、八重はどうすればいいかわからなかった。

「上様へお願いするわけにもいかぬ」

「はい」

綾姫の危難を救ったとはいえ、八重は目通りの叶《かな》う最下級の女中でしかないのだ。

その女中のことで将軍をわずらわせるなど論外であった。

「お方さまのお耳に入れることなどできぬ」

心労で倒れる寸前の内証の方に、さらなる負担は厳禁である。

「となれば、我らだけで相手することになるが……」

仏間の中臈は、毎朝将軍の側近くに控える。仏壇へ拝礼するときなどは、すぐ隣で控えるのだ。話をするのを止めようはなかった。

「あのう、もう一度、山城屋さまにお願いをしてはいけませぬか」

「そなたの知り合いであったな。綾姫さまの滋養強壮の知恵をかしてくれたという。頼めるか」

「いささかお金を使わせていただきますが、よろしゅうございますか。手紙を届けていただくのに……」

「五菜《ごさい》の心付けか。かまわぬ。ときがない。他の用を捨ててでも、手紙を届けさせよ」

八重の問いに、東雲が応えた。

五菜とは大奥の雑用をするために雇われている下男のことだ。女中の頼みで買いものをしたり、手紙を届けたりした。大名屋敷の中間ほどではなかったが、大奥の権威を笠に着て、商品を値切ったりすることも多く、庶民からは嫌われていた。

「では、さっそくに」

急いで八重が手紙をしたためた。

# 四

八重の手紙はその日の昼過ぎに、昼兵衛のもとへ届けられた。

「ご苦労さまでございまする」

小粒金を一つ握らせて、昼兵衛は五菜を帰した。

「……また、邪魔くさい相手が」

読み終わった昼兵衛が嘆息した。

「読んでいいか」

山形将左が手を出した。

「どうぞ」

「…………」

渡された手紙に目を落とした山形将左が脱力した。

「女衒《ぜげん》か、大奥の中臈は」

「まったく」

昼兵衛が同意した。

女衒とは、貧しい女を金で買って遊郭へ売り飛ばし、その手数料で食べている者のことだ。妾屋と大差ないように見えるが、遊郭の手先ともいえ、劣悪な見世《みせ》とわかっていても平気で女を売る。もちろん、売った後のもめ事などいっさい知らん顔と、どちらかといえば女の側に近い妾屋とは大きな違いであった。

「どうする。さすがに八重一人では重かろう」

「林さまに働いてもらいましょう」

あっさりと昼兵衛は言った。

「動くか。将軍さまの側近が」

疑念の表情を山形将左がした。

「それなりの土産《みやげ》は要りますがね。頼みごとをしたのは、あちらですから。それこそ、待ってましたと利用されましょう」

「ならば、さっさと対処すればよいものを」

「わたくしどもが言ってくるのをお待ちなんですよ。八重さんは、向こうの切り札ですが、こちらからすれば人質に取られたようなもの。手助けするにも、林さまのお力添えは要りまする」

昼兵衛が述べた。

「こちらから頼ませて、貸しにすると」

山形将左がさとった。

「さすがだな、役人は」

「したたかでなければ、生き抜けませぬよ」

なんとも言えない顔を二人は見合わせた。

「さて、お土産を作りに行きますか」

「付き合おう」

二人が立ちあがった。


「あそこだ」

表猿楽町の角で山形将左が成瀬家を指さした。

「あの死んでいた大奥女中の実家でございますな」

昼兵衛はうなずいた。

「では、ちょっと行って参ります」

「気をつけろよ」

「大事ございません」

羽織を少し緩めて、昼兵衛が小袖を見せた。

「水戸《みと》さまの御紋付きでございます」

水戸家へ紹介した妾が殿のお気に入りとなったおかげで、昼兵衛に三《み》つ葉葵《ばあおい》の紋入り小袖が与えられていた。


大奥女中は終生奉公が決まりである。もっともこれは目見え以下の女中には適応されないし、他にもやむを得ない理由があれば、大奥を離れ実家へ帰ることはできた。そのもっとも大きな名分が、血筋を残すというものである。大奥へ娘をあげてから、跡取り息子が死んでしまい、婿《むこ》を取るしかなくなった場合などがそれに当たる。ただし、これは将軍の手つきとなった女には適応されなかった。

内証の局にいた峰《みね》もそうであった。峰はその特例で大奥から離れ、実家に戻ったはずであった。

「ご免を」

すでに日が落ちかけている。他家を訪れるには、ふさわしくない刻限であったが、昼兵衛は気にせず、成瀬家の潜りを叩いた。

「どなただ」

門の横にある門番小屋の鎧《よろい》格子が少し開いて、誰何の声がした。

「浅草の山城屋と申しまする。峰さまのことでお話が」

「……待て」

一瞬絶句した門番が、あわてて駆けていった。

「そのような者は当家にはかかわりがない。帰れ」

帰ってきた門番が言い捨てた。

「さようでございましたか。それは遅くに失礼をいたしました。では、このご近所のお屋敷とまちがえたのでございましょう。しかたありません。手当たり次第に訊くといたしまする」

昼兵衛は背を向けた。

「待て」

不意に潜りが開いた。

「なにか」

潜りから顔を出した初老の武家に昼兵衛は首をかしげてみせた。

「なかへ入れ」

「……剣呑《けんのん》な気配でございますな。お断りいたしましょう」

昼兵衛は下がった。

「四の五の言わずに従え」

「あいにく、名前も名乗られないお方に命令される謂《い》われはございません」

鼻先で笑うように、昼兵衛が言った。

「当家の主、成瀬但馬である」

成瀬が名乗った。

「それは、失礼をいたしました。浅草の口入れ屋山城屋昼兵衛でございまする」

ていねいに昼兵衛は頭を下げた。

「なかへ入れ」

「お断りいたしましょう。入るなりあっさり斬られたらたまったものじゃございません」

　昼兵衛は拒んだ。

「黙ってついてこい」

　ぐっと成瀬が昼兵衛の首元を摑んだ。

「頭に血をのぼらせては、見えるものも見えませんよ」

「なんだ」

　成瀬が昼兵衛を睨んだ。

「あなたさまが摑んでおられる小袖でございますが……拝領ものでございましてね」

「拝領もの……」

　言われた成瀬が、小袖を見た。

「……まさか」

「水戸さまからいただきまして。一応、尾張さまの藩士格も持っておりまする」

　昼兵衛が成瀬の手を摑んで、振り払った。

「これで、わたくしが参ったわけはおわかりでございますな」

「…………」

「峰さまの事情、お教えいただきましょうか」

黙った成瀬に、昼兵衛が問うた。

「……知らん」

「よろしいのでございますか。わたくしはただの使い。そのままご報告いたすことになりますが……」

「報告……誰に」

「林出羽守さまに」

「……うっ」

成瀬が詰まった。

「おわかりとは思いまするが、道は二つ。あくまでも白を切り続けるか、さっさと話して、許しを乞《こ》うか。まあ、許されるかどうかは難しゅうございましょうが。なにで竹千代さまを……」

「黙れ」

不意に成瀬が脇差を抜いて斬りかかってきた。

「おっと」

予想していた昼兵衛は後ろへ飛んで逃げた。

「逃げるな」

成瀬が叫んだ。

「ご冗談を。山形さま」

「ああ」

成瀬家の門から隠れたところで待っていた山形将左が出てきた。

「雇い主を殺されては困る」

刀さえ抜かず、山形将左が成瀬をあしらった。

「……くそっ」

手にしていた脇差を取りあげられた成瀬が怒った。

「出会え」

成瀬が叫んだ。

六百石の成瀬家の家臣は、士分が五人と小者が八人ほどであった。もっとも士分のうち用人などは、太刀を使えるはずもなく、主君の声に反応したのは三人の士分と二人の小者であった。

「殿」

「狼藉者《ろうぜきもの》め」

士分が太刀を抜いて斬りかかってきた。

「なっちゃいねえ」

嘲笑しながら、山形将左が拳《こぶし》と蹴りでたちまち士分を倒した。

「このやろう」

小者二人が六尺棒を振りかぶってきた。

「ふん」

腰を落とした山形将左が抜き打ちに、六尺棒を一刀で斬り飛ばした。

「えいっ」

そのまま小者たち二人の鳩尾《みぞおち》に柄を叩きこんで意識を奪った。

「えっ」

瞬《まばた》きするほどの間で五人を倒された成瀬が愕然《がくぜん》とした。

「さて、お話しいただけますか。どなたさまのご依頼で娘さんに、非道なまねを命じられたので」

「…………」

成瀬が口をつぐんだ。

「尾張さまではなさそうでございますな」

先ほど昼兵衛は水戸の紋を見せながら、わざと尾張の名前を出した。それに対して、格別な反応を成瀬は示していなかった。

「…………」

「となると、他のお方となりまするな。結構で」

昼兵衛は納得した。

「どういう意味だ」

成瀬が不審な顔をした。

「なに、お名前を出せないお方が後ろにおられる。それがわかっただけでも収穫で。あとは、わたくしごときの仕事ではなく、林出羽守さまのお出番」

嘲笑をしながら、昼兵衛は言った。

「つううう」

大きく成瀬が顔をゆがめた。

「娘を死なせてまで得ようとしたものが失われた気分はどうでございますか」

氷のような声で昼兵衛が告げた。

「では、お呼び出しをお待ちに。帰りますよ、山形さま」

「ああ」

太刀を鞘《さや》に納めた山形将左がうなずいた。

「死ぬぞ。御上の手が伸びる前に自害しておかねば、家が潰れる」

少し行ったところで山形将左が口にした。

「知ったことじゃございません」

昼兵衛は冷たく首を振った。

「よいのか、手がかりが一つ消えるぞ」

「誰が黒幕かをつきとめるのは、わたくしの仕事ではございませんよ。また、林さまもそこまでわたくしが踏みこんでくることをよしとはされますまい」

「面倒なものだな」

山形将左がため息を吐いた。

「ところで、山城屋。放置しすぎではないか」

「大月さまのことでございますか」

話題を山形将左が変えた。

「ああ」

「これから生きていくためには乗りこえていただかなければならぬこと」

昼兵衛が述べた。

「己でこえねば、いつかまた転びましょう」

「立ちあがる手助けくらいしてやれ。それくらいのことをするくらいの義理はあるだろう」

山形将左が助言した。

「帰ってきた八重どのに叱られても知らぬぞ」

「それはいけません」

笑いながら言う山形将左へ、昼兵衛もほほえんだ。

# 第三章　武家の夢

## 一

大月新左衛門は長屋で一人座していた。

「旦那、引きこもっていては身体によくないよ」

おかずのお裾《すそ》分けに顔を出した隣家の女房が、心配した。

「ああ」

新左衛門は生返事をした。

「お仕事に行かなくていいんですか」

「大事ない。今は仕事を受けておらぬ」

隣家の女房へ新左衛門が覇気のない声で告げた。

「はあ」

ため息を吐いた隣家の女房が、新左衛門の長屋を出た。

「お崎《さき》さん、どうだい」

井戸端で様子を窺っていた長屋の女房の一人が訊いた。

「だめ」

崎が首を振った。

「困ったねえ」

別の女房が大きく肩の力を落とした。

「無理ないけどねえ。惚れた女が、生涯手の届かないところに行ってしまったんだからさあ」

新左衛門が八重のことを憎からず想っているというのは、長屋周知の事実であった。

「男なら取り返しに行きなと、背中を叩いてやりたいところだけど、相手が大奥じゃねえ」

「将軍さま相手じゃ、いかにやっとうの名人でもかなわないわな」

長屋の女房たちも意気消沈していた。

明日生きていくのが精一杯な庶民ほど、人情に厚い。よほどの不義理をしないかぎり、病になれば看病してくれるし、煮物などを差し入れてくれたりする。とくに独身の男一人暮らしには、よく気を遣ってくれる。新左衛門は長屋に来たころから、ていねいな応対と誠実な性格のおかげで、長屋の女房たちの人気を得ていた。だけに、八重がいなくなって落ちこんでいると思われた新左衛門へ、同情が集まっていた。

「八重さんも断れなかったのかねえ」

「そうだよねえ。大月さまも八重さんを連れて駆け落ちするくらいのことしてみればさ。あたしらは応援するのに」

女房たちが好きなことを口にした。

そこへ昼兵衛は顔を出した。

「ごめんなさいよ」

「おや、山城屋さん」

崎が気づいた。

「大月さまなら、お宅ですよ」

「はい」

一礼して昼兵衛は井戸端を離れた。

「…………」

妾屋という商売を嫌う人は多い。女房の何人かはあからさまに眉をひそめていた。

昼兵衛は慣れている。気にせず、新左衛門の長屋へ進んだ。

「大月さま」

「山城屋どのか、お入りあれ」

なかからの返答を待って、昼兵衛は戸障子を開けた。

「いけませんなあ。雨戸くらいお開けになりませんと。風通しをされませんと、お身体にも悪うございますよ」

昼兵衛が注意をした。

「わかっておる」

苦い顔で新左衛門が答えた。

「さて、そろそろいかがでございますかな」

「……………」

言われた新左衛門が沈黙した。

「このまま飢え死にを選ばれますか。それとも、斬り取り強盗武士のならいとなさいますか」

「…………」

「大月さま、山形さまが吉原《よしわら》へ足繁くかよわれる意味をお考えになったことがございますか」

「……いいや」

「八重さんと同じ長屋をわたくしがお勧めした理由もお気づきではない」

「なんのことだ」

新左衛門が顔をあげた。

「今までも大月さまは、人を斬ってこられた。それでいて、このような状態になられましたか」

「ならなかった」

「では、なぜ、今回そんな気分になられたので。先日斬ったのが、尾張さまの家臣で、上からの命にやむを得ず刺客となった者であったから、過去のご自身と重ねられて同情したなどと言われませぬように。なにせ、大月さまが最初に斬られたのは、同僚の伊達藩士でございました」

冷たく昼兵衛が言った。

「待ってくれ」

少し思案がしたいと新左衛門が手をあげた。

「山形どのが吉原へ行くのは、女を求めてであるはず」

「…………」

無言で昼兵衛が見守った。

「女を抱き、性欲を発散させるだけならば、何日も居続ける意味はない」

新左衛門が独りごちた。

「吾はどうだ。今まで両手では足りぬ人を斬ってきた。だが、いつもこんなに重くはなかった。先夜と今はなにが違う……」

あっと新左衛門が息を呑んだ。

「おわかりになられたようでございますな。そう、八重さまがおられない」

「八重どの……」

「女ならば誰でもよいというわけではございませんよ。山形さまが吉原に行かれるのは、相手が決まっているからで。愛おしいと想う女がいれば、男はやすらぎ、奮い立ち、そして守ろうとする。女は愛おしい男を、癒すことで守ろうとする。男と女は二つ揃って初めて人。大月さま、そろそろお認めになられませ。あなたさまが、八重さまに好意をいだいていることをごまかされますな」

言い聞かせるように昼兵衛が語った。

「……たしかにそうだ」

ようやく新左衛門が首肯した。

「今、大月さまは、己の半身を失っておられるので」

「半身を失ったか」

新左衛門が呟いた。

「さて、どうなさいますか。このまま長屋で腐りますか。それでよいと言われるのも一つ。約束の日が来て、八重さまが戻って来られるのを待つ。それとも大奥で孤軍奮闘している八重さまの助けをなさいますか。少しでも早く八重さまがここへ帰って来られるように」

「湯屋に行ってくる」

勢いをつけて新左衛門が立ちあがった。

商店を見張るのは難しい。

なにせ店が開いている間中、不特定多数の男女が、老若男女にかかわりなく出入りするのだ。あらかじめ、狙っている相手の身形や姿などを知っておかないと、まず無理であった。

「嫌がらせでしかないな」

日本橋魚河岸近くにある川勝屋を見つめながら、和津が嘆息した。

川勝屋は野菜以外の食べものを扱う。料理屋を始め、一般の客などの出入りも多い。そのなかから、名前はおろか、顔さえ知らない相手を見つけるなどできるはずもない。まったく無駄な行為を和津がしているのは、昼兵衛による復讐であった。

「あの襲撃の裏には、かならず川勝屋宗右衛門《そうえもん》がいましょう」

川勝屋宗右衛門のことを調べ始めたとたんに、昼兵衛が襲撃された。どう考えてもかかわりがないとは思えなかった。

「ずっと見ているとの圧迫を与えてやれば、きっと辛抱できなくなりまする。和津さん、見つからないようにではなく、あまりあからさまにならないていどで、わかるようにお願いしますよ」

その指示を受けて、和津はあれ以来毎日朝から晩まで、川勝屋を見通せる魚河岸の前に立っていた。

「なんもしないのも退屈だな」

和津はぼやいた。

見つからないように気配りをするならまだしも、見つかってもいいとなれば、さして気を遣うこともない。それこそ、立っているだけに近い。和津が愚痴《ぐち》るのも当然であった。

「いっそ、川勝屋を締めあげて……」

乱暴な手段を和津が思い浮かべた。

「そうもいかねえか」

町方でもない昼兵衛や和津が、川勝屋をどうこうするのは、御法度に触れる。もともと妾屋自体が違法ではないが、すれすれの商売である。奉行所に目を付けられるのは、まずかった。

「立っているだけなら、文句も言えないだろうしな」

和津が苦笑した。

川勝屋宗右衛門が苦り切った顔で番頭に訊いた。

「まだいるのかい」

「……へい。ずっと魚河岸の前でこちらを見ておりまする」

番頭も頬をゆがめた。

「なんとかならないのかい」

「立っているだけでございますので」

「追いやってしまいなさい。こういうときのために飼っている連中もいるだろうが」

どうにかしろと川勝屋宗右衛門が言った。

「魚河岸の前でもめ事など無理でございまする」

主の難題に、番頭が首を振った。

魚河岸は朝早くから昼過ぎくらいまでしか活動しないが、人の出入りは日暮れまで続く。こっそりと見張りを片付けるなどできなかった。

「奉行所に頼みなさい。このときのために、与力の旦那方にお金を撒《ま》いているのだから」

「やってはみまするが、そのていどのこと、相手もわかっていると思いますが……」

番頭が口ごもった。ちょっとした商家が、万一に備えて町奉行所の役人と繋がりを持っているのは当たり前のことであった。それで無頼たちの嫌がらせを排除したり、奉公人の犯罪などを隠蔽《いんぺい》している。

「どうしてもいい。なんとかしなさい」

川勝屋宗右衛門が厳命した。

主に言われてなにもしなければ、放逐される。番頭はあきらめの色を浮かべながら、店を出て、和津に話しかけた。

「毎日お顔を見ますが、なにをなさっておいでで」

番頭が下手に出た。

「なにというほどのことじゃねえ」

和津は取り付くしまのない言いかたをした。

「気になりましてね、別のところへ行ってもらえませんか」

「ここが気に入っている」

小さく笑いながら、和津が断った。

「少ないですが、これで一杯やってくださいまし」

見えるように一分金を二枚紙に包んで、番頭が和津の手に渡そうとした。

「ふん」

和津が鼻先で笑った。

「見たところ、店を取り仕切る番頭さんのようだが、あまり主人から信用されていないようだね」

「なにを」

言われた番頭が表情を変えた。

番頭は店で主に次ぐ地位であり、実質商いを取り仕切っている。その番頭が主の信用を受けていないと言われては、聞き逃せない。

「なんで、おいらがずっとここにいると思う」

「……………」

番頭が黙った。

「事情を知らないなら、引っこんでいたほうがいい。奉公先は、川勝屋だけじゃねえ」

和津が告げた。

「どういうことで」

「二分で命を買うつもりかい。随分と安く見られたものだ」

氷のような声を和津が出した。

「命……」

さっと番頭の顔色がなくなった。その先に気づかないようでは番頭などやっていられなかった。

「先に手出しをしたのは、そちらだ。次はこちらの番。そう川勝屋に言いな」

露骨に和津は殺気を番頭へぶつけた。

昼兵衛が襲われたのは、川勝屋宗右衛門の行方を探っていた和津が、逆に後をつけられたためであった。和津は責任を感じていた。

「……ひっ」

番頭が小さな悲鳴をあげた。

「とっとと行きやがれ」

渡された二分を投げるようにして、和津が番頭を追い払った。

頭の後ろを蹴りあげるような勢いで、店に戻った番頭は、その足で川勝屋宗右衛門のもとへ駆けこんだ。

「どうだった、うまくやったか」

「も、申しわけございません。失敗いたしました」

番頭が詫びた。

「それで……」

和津との会話を番頭が語った。

「……次は、こっちの番だと言っただと」

川勝屋宗右衛門が顔色を変えた。

「いかがいたしましょうや」

「……下がれ」

問う番頭へ、川勝屋宗右衛門が手を振った。

「しかし……」

「下がれと言ったぞ」

どうすればいいのかを訊こうとする番頭を川勝屋宗右衛門が怒鳴った。

「へ、へい」

主に叱られて、番頭が引いた。

「こうなれば、おすがりするしかない」

一人になった川勝屋宗右衛門が独りごちた。

「喜助《きすけ》、喜助はいるかい」

「お呼びで」

手を叩いた川勝屋宗右衛門のもとへ、すぐに年老いた奉公人が顔を出した。

「おまえの顔で何人か用意できるか」

「金次第で」

喜助が短く返事をした。

「いくら出せばいい」

「質によりやす。あとやることにも」

問われて喜助が答えた。

「人を二人片付けてもらう。失敗は許さん。それもできるだけ早く。それこそ、明日、いや今日にでも頼みたい」

川勝屋宗右衛門が条件を付けた。

「妾屋と表の小者でやすね」

すぐに喜助が理解した。

「となると四人、いや五人は要りましょう。費用は一人あたり五両というところで」

「二十五両か……二十両ですませられないか」

金の嵩《かさ》を聞いた川勝屋宗右衛門が渋った。

「人は集められますが、腕は落ちやす」

喜助が述べた。

「……ううむう」

「金は稼げやすが、命は買えませんよ」

「わかった。二十五両出す」

一押しされて、川勝屋宗右衛門が折れた。

「たしかに」

さっそく手文庫《てぶんこ》から出された切り餅《もち》を喜助は受け取った。

「頼むよ」

「…………」

無言で首肯して喜助が立ちあがった。

二

喜助はもと漁師であった。漁師というのは漁場の奪い合いなどもするため、気が短い者が多かった。とくに銛《もり》を使って大物を狙う漁師たちは気が荒い。なかでも初《はつ》鰹《がつお》を競う漁師は別格であった。初鰹はどれだけ早く魚河岸に持って行けるかで値段が違う。一位ともなれば、鰹一本で十両という値が付くこともある。儲《もう》けもそうだが、一番という名誉も大きい。喜助もかつては初鰹を争う漁師の一人だった。

いや、何度か一番になったほどの腕を持つ漁師であった。その喜助が川勝屋宗右衛門の奉公人となったのは、得意先である料理屋の依頼で、天候の悪い日に漁に出て、遭難したのが原因であった。風と波にもまれて半日、半死半生で品川の海岸に打ちあげられた喜助は、水が怖くなり、船に乗れなくなってしまった。

船に乗れなくなった漁師は終わる。喜助は船も仕事も誇りも一度に失った。

「魚の見分けはできるな」

荒れて魚河岸からも出入りを禁じられた喜助を、店を大きくしようとした川勝屋宗右衛門が拾った。

「川魚はできるが、海の魚の善《よ》し悪《あ》しはわからん」

もともと川魚を扱う問屋だった川勝屋を、すべての魚を商売とするように発展させようとした宗右衛門にとって、喜助はちょうどよかった。魚の見分けもできる。荒れて悪事を働いたこともあり、無頼たちにも顔が利く。

こうして川勝屋の奉公人となった喜助は、いつしか宗右衛門の裏を取り仕切るようになっていた。

「仕事を受けてくれるか」

川勝屋を出た喜助が、足を向けたのは魚河岸の外れであった。

「いくらだ」

ふんどし一つという姿がこれほど似合う者はおるまいという立派な体軀《たいく》の男が問うた。

「一人頭四両で五人」

「二十両か。けっこうな額だが、なにをすればいい」

立派な体軀の男が内容を尋ねた。

「山城屋とその手下を魚の餌にしてもらいたい」

喜助が述べた。

「……山城屋」

「浅草の妾屋だ」

首をかしげた男に、喜助が告げた。

「妾屋か。片手間仕事だな」

男が笑った。

「いいや。そんなことで、おまえに仕事を持ちこむか。俺がやっているわ」

喜助が首を振った。

「……どういうことだ」

「腕の立つ侍が二人、やられた」

「ふむ」

聞いた男が唸った。

「おい、一太《いちた》」

「なんだ、嘉蔵《かぞう》」

少し離れたところにいた男が呼ばれて応じた。

「浅草の山城屋を知っているか」

「妾屋のか。知っているぞ」

一太が首肯した。

「強いのか」

ふたたび嘉蔵が訊いた。

「妾屋は知らないが、いい用心棒を抱えているという話だ」

一太が近づいてきた。

「用心棒……それだな」

嘉蔵がうなずいた。

「金を寄こせ」

「できるだけ早くだぞ」

条件を加えながら、喜助が嘉蔵に小判を渡した。

「十両しかねえ」

「当たり前だ。半金は結果を出してからだ」

「まちがいないだろうな」

嘉蔵が確認した。

「信用しろ。金はいつでも持っている」

喜助が懐を叩いた。

「よし」

手を叩いて、嘉蔵が声をあげた。

「一太、次郎吉《じろきち》、山《やま》の字《じ》……あと力八《りきはち》。ついてこい。一仕事するぞ」

「おう」

「退屈しのぎだ」

あたりにいた無頼たちが応じた。

「まずは、あの魚河岸の角に立っている男を片付けてくれ。さすがに他人目がある。刃物はできるだけ遣わないようにな」

喜助が案内した。

「痩《や》せた野郎だ。あんなのに刃物なんぞいるか。腹を殴りつけてから、海へ放りこんでやるだけでお陀仏《だぶつ》よ」

口の端をゆがめて、嘉蔵が笑った。

「山の字と力八、二人で行け」

「おう」

「面倒な」

嘉蔵に言われて二人が、和津へ近づいた。

「うん」

気配を和津は敏感に感じ取った。

「業を煮やしたな」

近づいてくる二人に、和津は川勝屋宗右衛門の手配だと見抜いた。

「…………」

警戒している和津に無言で近寄ってきた山の字がいきなり、殴りかかってきた。

「ふん」

鼻先で笑って、和津がかわした。

「……こいつ」

空振《からぶ》りした山の字が体勢を崩した。

「どけっ」

仲間の身体を押しのけて、力八が和津を蹴った。

「当たるかよ」

それも和津はなんなく避《よ》けた。

「こいつ身が軽いぞ」

山の字がたたらを踏んで立ち止まった。

「おまえらが遅すぎるんだよ」

和津が嘲笑した。

「逃がすなよ。後ろは海だ。左右から挟めば、問題ない」

力八が山の字に言った。

「わかった」

二人が両手を威嚇《いかく》するようにあげながら、迫って来た。

「行くぞ」

「おう」

一間（約一・八メートル）を切ったところで、二人が同時に跳びかかってきた。

「あほう。両手をあげたら、足下が留守になるだろうが」

すばやく腰を落とした和津が、地を這《は》うようにして、二人の間を抜けた。

「くそっ」

あわてて二人が振り向こうとして、互いにぶつかった。

「痛《いて》え」

「気をつけろ」

二人が互いを罵《ののし》った。

「馬鹿が、逃がすな」

嘉蔵がいがみ合う二人を怒鳴った。

「あっ」

「そうだ」

急いで二人が和津の後を追うが、飛脚に追いつけるはずもなかった。あっという間に、和津の姿が人の流れに溶けた。

「くそっ」

「愚か者どもが」

舌打ちする力八に嘉蔵が吐き捨てた。

「猶予はなくなったぞ。あいつ、山城屋に駆けこむ」

「用心棒を呼ばれては面倒になる。おい、船だ」

嘉助に言われて、嘉蔵が叫んだ。

「浅草なら、ここから船で回ったほうが早い。一太」

「合点」

一太が魚河岸に着けられていた船の一つに乗りこみ、櫓《ろ》を設置した。

「行けやすぜ」

「乗りこめ」

嘉蔵の合図で、残りの三人も飛び乗った。

「俺は……」

喜助がためらった。

「わかっている。待ってろ、吉報をよ。出せ」

尻込みする喜助を残して、船が出た。

江戸橋、崩橋を潜って東へ進んだ船は、大川へ合流、そのまま浅草へと上っていった。

「もっとしっかり漕《こ》ぎやがれ」

「無茶言わんでくれ。流れに逆らっているうえに、五人も乗ってるんだ」

必死で櫓を動かしながら、一太がいらつく嘉蔵へ言い返した。

「文句を言う暇があったら漕げ」

嘉蔵がさらに言った。

逃げた和津は、すぐに追いかけてくる者がいないことに気づいた。

「追い払うだけだったのか」

和津は足を緩めた。

「後をつけてくる者はいない」

先日の失策を繰り返すわけにはいかないと、和津は慎重に気を配った。

「……おかしい」

しばらくようすを見た和津が、首をかしげた。

「連中は、確実においらを殺す気でいた。それがあっさりあきらめる……」

歩き出しながら、和津が独りごちた。

「……魚河岸から出てきたな、あいつらは。……となると船か。まずい」

和津が気づいた。

「浅草の米蔵あたりに着けられれば、山城屋までは近い」

顔色を変えながらも、和津は冷静に尻はしょりをした。

「飛脚屋の足、見せてやる」

和津が風のように走り出した。

「そこでいい。船を着けろ」

嘉蔵が浅草の米蔵前に出ている桟橋を示した。

「米蔵はまずい。御上の役人がいる」

一太が拒んだ。

「ええい、では、手前でいい」

「船を泊めておく場所がないぞ」

誰の船かは知らないが、使ったならば戻しておかなければならなかった。船は漁師にとって命である。奪ったのが一太らだとわかれば、魚河岸全部を敵に回すことになる。それは、魚河岸で半端仕事をもらって生きている一太らにとって致命傷になった。

「かまわねえ。どうせ借りた船だ。流れてもどうってことはねえ。四両あれば、こんなぼろ船、おつりが来るわ」

注意した一太へ、嘉蔵が言い放った。

「……わかった」

一太が船を岸に着けた。

「先回りするぞ」

嘉蔵が先頭を切った。

「どきやがれ、急ぎの飛脚だ」

和津は大声をあげていた。

「わあ」

「きゃっ」

道行く人があわてて避けた。江戸で馬を走らせることは禁じられているが、人がどれだけ急ごうが問題はない。ただ、道行く人が多いため、まっすぐ進めず、速さが出ない。それを和津は声を出すことで、道を開かせた。

「左へ曲がるぞ」

叫びながら、和津は辻を曲がって、裏通りへと入った。

「旦那。大月の旦那」

和津が飛びこんだのは新左衛門の長屋であった。

「……どうした」

新左衛門は、長屋で刀の手入れをしていた。

「山城屋さんが、襲われやす」

荒い息のなかで、和津が必死に訴えた。

「なにっ。どこだ」

「み、店で」

「後から来い」

新左衛門は太刀を右手に摑んで飛び出した。


五人の無頼が走る。その圧迫に、人々は戸惑った。

「じゃまだ」

目の前にいた男を張り飛ばした嘉蔵が見つけた。

「あれだ。あの長い暖簾の店だ」

寺子屋にさえまともにかよっていない無頼である。漢字など読めはしない。もし、他の業種であれば、嘉蔵は見つけられなかった。出入りする人の顔が見えにくいように と、足下まで作られた長い妾屋独特の暖簾が、目印になった。

「今度は失敗するなよ」

嘉蔵が暖簾へ突っこんだ。

「うわっ」

勢いをつけたために、暖簾が嘉蔵に絡んだ。

「……番頭さん。二階を頼みましたよ」

三度目ともなると慣れる。昼兵衛が落ち着いて指示した。

「お任せを」

「今度は声を出させてはいけませんよ。前回の失敗を知ってのうえですからね。二階から顔を出したとたんに、なにかされるかも知れませんせん」

二階に間借りしている女たちの叫びで、前々回は襲撃者が逃げた。とはいえ、同じ手が何度もつうじるわけはなかった。

昼兵衛が番頭に釘《くぎ》を刺した。

「へい」

番頭が逆らわずに階段をあがっていった。

「川勝屋も芸のないことを」

三度目となる襲撃に、昼兵衛はあきれていた。

「山城屋だな」

絡んだ暖簾を引き下ろして、嘉蔵が店に踏みこんで来た。

「いいえ。ここは山城屋じゃございませんよ。山城屋さんなら、一筋南で」

昼兵衛がとぼけた。

「ふざけるな。こんなくそ長い暖簾を出しているのは、妾屋だけだろうが」

嘉蔵が言い返した。

「質屋も長いですがね」

やはり出入りしていることを隠したい客が多い質屋も、腰くらいまである暖簾を使っている。

「足首まであるのは、妾屋だけだ」

「そうでございますな」

落ち着いて相手をしながら、昼兵衛はときを稼いでいた。

「ふざけやがって。やってしまえ」

頭に血がのぼった嘉蔵が、土足で板の間へあがろうとした。

「ふざけてるのはどちらだ。他人《ひと》さまの店へ躍りこむなど」

昼兵衛は手元に置いてあった薬缶《やかん》を嘉蔵へ投げつけた。

「うわっちい」

ふんどし一つの嘉蔵である。薬缶のお湯をかけられてはたまったものではなかった。悲鳴をあげて、嘉蔵が身体のあちこちを叩くように払った。

「おや、朝入れたお湯だったので、冷めてしまっていたようで。たいして火傷《やけど》されませんな」

残念だと昼兵衛が言った。

「なめやがって……」

怒髪天をつく勢いで嘉蔵が、昼兵衛へ殴りかかった。

「…………」

昼兵衛は膝元から脇差を出して、抜いた。

「何度もやられますとね、準備もできますする」

「くっっ」

まっすぐ突き出された脇差に嘉蔵が止まった。

「おめえら、見てないで、左右からかかれ。相手は一人だぞ」

嘉蔵が昼兵衛から目を離さずに配下たちへ命じた。

「おう」

「わかった」

山の字、力八が応じた。

「一太、おめえは人が来ねえように見張ってろ」

「ああ」

一太が店を出ていった。

「おいらは……」

残った次郎吉が訊いた。

「隙を見て、かかれ」

「刃物を遣うぜ」

次郎吉が匕首《あいくち》を懐から出した。

「かまわねえ」

嘉蔵が認めた。

「…………」

無言で次郎吉が笑った。

「得物を出していいんだな」

山の字と力八も匕首を出した。

「よろしくないようで」

前と左右を囲まれた昼兵衛が嘆息した。

「あきらめろ。抵抗するな」

下卑た笑いを嘉蔵が浮かべた。

「ご冗談を。死にたくはございませんので、最後まであがかせていただきますよ」

結界のなかで昼兵衛が応えた。

「死にな」

左から山の字が、匕首を振り回すようにした。

「なんだああ」

結界の格子に斬りつけた山の字が、驚愕の声をあげた。

「申しましたはず。準備はしたと。この結界、格子のなかに鉄棒をしこんでおりまして。ついでにわたしがなかに隠れられるよう、少し高くいたしました」

昼兵衛が笑った。

「こんなもの。投げてしまえば」

結界を摑もうとして嘉蔵が近づいた。

「…………」

無言で昼兵衛が脇差を突いた。

「危ねえ」

嘉蔵が泡を食って下がった。

「なにしてやがる。俺がかかっている間に、左右から襲わねえか」

無頼で連携などできていない。嘉蔵が叱りつけた。

「ああ」

「すまん」

怒鳴られた二人が謝った。

「次こそ行くぞ」

三人の目つきが変わった。

「さすがにまずいですな」

脇差を手にしながら、左右へ目を配った昼兵衛が苦い声を出した。

三

「ここは今立ち入り……」

外を見張っていた一太の制止が、とぎれた。

「なんだ」

振り返った次郎吉の目の前に、新左衛門がいた。

「えっ……ぎゃっ」

太刀の峰で頭を叩かれた次郎吉が白目を剝いて倒れた。

「なにもんだ」

「こいつ」

左右にいた力八と山の字には、新左衛門の動きが見えていた。

「馬鹿野郎、俺たちの目的をはき違えるな」

矛先《ほこさき》を変えた二人へ嘉蔵が注意をした。

「あっ」

「えっ」

二人がどちらに対応すべきかと一瞬戸惑った。

「死ね、妾屋」

嘉蔵だけが突出する形になった。

「…………」

昼兵衛がしっかりと柄を握って脇差を突き出した。

「ぐえええ」

腹を貫かれて嘉蔵が呻いた。

「あ、兄貴」

「うああ」

「ふん、ぬん」

仲間がやられて固まった山の字と力八に、新左衛門が太刀を振るった。

「ぎゃっっ」

「あつうう」

山の字が左手を肩から、力八が右手を付け根から、斬り飛ばされて絶叫した。

「大事ないか。山城屋どの」

残心を解き、警戒をしながら新左衛門が問うた。

「な、なんとか」

昼兵衛は苦渋に顔をゆがめていた。

「どうした」

様子がおかしいと新左衛門が、昼兵衛へ近づいた。

「手が離れませんので」

嘉蔵を貫いた脇差を昼兵衛は握ったままであった。

鳩尾を貫かれた嘉蔵は、脇差から逃げるように後ずさった後、崩れ落ちている。まだ息はしているが、腹をやられては助からない。

「深呼吸をなされよ」

新左衛門が助言した。

「初めて人を斬ったとき、そうなる者は多いと聞きまする。それを解くには落ち着くしかござらぬ。何度も深呼吸をして、ゆっくり小指から、開くのではなく、立てていくようになさるといい」

「開くより立てる……」

深呼吸しながら、昼兵衛が繰り返した。

「いきなり指を離されては、脇差を落として、己の足を傷つけますゆえ、まず右へ動かして……」

細かく新左衛門が指示した。

「……ふうう、やっと取れました」

音を立てて脇差を落とした昼兵衛が安堵の息を吐いた。

「大月さま。よくぞ、お助けくださいました」

「和津どのが、血相を変えて長屋に飛びこんできたのでな」

深々と頭を下げる昼兵衛に、新左衛門が述べた。

「……和津さんは、ご無事で」

「へとへとだったが、身体に傷はなかったはずだ」

わずかな会話をしただけだが、新左衛門はしっかりと和津の状況を把握していた。

「……しかし、嫌な感触でございますね」

昼兵衛が右手を見た。

「そのうち慣れる。嫌なことだがな」

なんとも言えない顔で新左衛門が述べた。

「申しわけなかった」

新左衛門が詫びた。

「なんでございましょう」

意味がわからないと昼兵衛が首をかしげた。

「いや、朝から顔を出していれば、このようなことをさせずにすんだ」

「いたしかたないことでございましょう」

悔いる新左衛門へ、昼兵衛が首を振った。

「旦那がお出でのときに、襲われるとはかぎりませぬ。それを言い出せば、旦那に一日用心棒を頼まなければなりませぬ。そのようなことをしていては、費用の負担が大きすぎて、こちらが持ちません」

用心棒の日当は人足よりも高い。とくに襲われることを前提として、腕の立つ人物を雇うとなれば、日当は一分ではきかない。安くとも二分はいる。それも何日と決まっているならば、不意の出費ということで蓄えを崩すなり、一時借財をするなりすればすむが、期限が不明だと、どれだけかかるかわからないのだ。一日二分だと、一カ月で十五両にもなる。一両あれば、庶民が一家四人一カ月生活できる。十五両は大金であった。

「しかし……」

「大月さま。用心棒のお約束をいただいていなかったのでございます。今回のことは、大月さまの責任ではございません」

強い口調で昼兵衛が言った。

「それに、わたくしは怪我一つなく生きておりまする。悔いていただかなくて大丈夫でございまする」

「…………」

「なにより、大月さまが来てくださった。それがありがたい」

昼兵衛がほほえんだ。

「迷惑をかけた」

新左衛門が一礼した。

「これで先日の貸し借りはなしに。日当はお支払いしませんよ。今日の分は」

「結構だ」

昼兵衛の言葉に新左衛門が首肯した。

「さて、そろそろよろしいかな」

すでに息絶えた嘉蔵ではなく、転がっている力八と山の字を昼兵衛は見た。

「……痛ええ」

「助けてくれ」

二人は氷のような昼兵衛の目つきに気づかず、苦鳴をあげていた。

「誰に頼まれた」

昼兵衛が山の字に問うた。

「痛い、痛い」

山の字が呻きで、返事をしなかった。

「大月さま。口もまともにきけないのは、不要でございまする」

「わかった」

新左衛門が手にしていた太刀を山の字へと模した。

「ひっ。や、止めろ」

山の字が顔をゆがめた。

「おまえさんは、どうする。しゃべれるかな」

わめく山の字を無視して、昼兵衛は力八へ顔を向けた。

「…………」

奥歯を噛みしめて、力八が口を閉じた。

「そうかい。声も出せないほど弱っていては、生きていけないね。大月さま、楽にしてやってくださいましな」

「おう。恨んでいいぞ」

昼兵衛に言われた新左衛門が、右手で力八を拝みながら、左手だけで太刀を振るった。

「…………」

声もなく力八が昏倒《こんとう》した。

「あわっ」

容赦ない新左衛門の対応に、山の字が逃げようと後ずさった。

「どうします。わたくしとしては、どちらでもよろしいのですよ」

結界のなかから昼兵衛が出た。

「あなたがしゃべらなければ、まだ二人いますからね」

昼兵衛が次郎吉と一太へ目をやった。

「いい加減、頭に来てますよ。命を狙われるほど悪いことをしてませんから。これで三度目。仏の顔も三度までと言いましょう。さすがに、我慢もできません。さて、どうしますか。しゃべれば、このまま外へ放り出してあげます。生きられるかどうかは知りません。傷の手当などをしてあげる義理はございません」

やわらかく、昼兵衛が告げた。

「わたくしになにも得るものがないならば、襲われたお返しをさせてもらいまする。命の代償は命。五分と五分」

しゃべらないならば殺すと昼兵衛が言った。

「わかった。知っていることは話す」

山の字が折れた。

「それだけですか。まあ、嘘をついていてもこちらには確認の術がありませんからねえ」

話を聞き終わった昼兵衛は、山の字の傷に布を当ててやった。

「二度とこのあたりに顔を出しなさんなよ」

無理矢理立たせた山の字を放り出した。

「……やはり川勝屋ですか。おもしろくもない」

山の字の答は昼兵衛の予想どおりであった。

「落胆することなのか」

新左衛門が驚いた。

「もう一つ奥が覗けるかと思ったのですがねえ」

「裏にいるのは……」

「ああ、尾張は裏でもございませんよ」

はばかった新左衛門を尻目に、昼兵衛はあっさりと名前を出した。

「最初に頼った相手が、本当の裏であるはずなどございますまい。真に追い詰められてこそ、初めて繋ぎを取る。それこそ、裏」

「なるほど」

昼兵衛の読みの深さに、新左衛門が感心した。

「さて、大月さま。日当は二分、期間は五日。お受けいただけますかな」

「本日の分は、無料奉仕しよう」

「助かりまする。では、参りましょうか」

軽く一礼して、昼兵衛が立ちあがった。

「川勝屋へ、お礼をしに」

昼兵衛が宣した。


遅れてきた和津を先頭に、昼兵衛と新左衛門は魚河岸へと向かった。

「大月さま」

歩きながら昼兵衛が話しかけた。

「今回は殺生なしでお願いしますよ」

「…………」

無言で新左衛門が疑問を呈した。

「死んでもらっては、奥に繋がる糸を切ってしまうことになりますので。川勝屋を震えあがらせて、とても己の力だけでは勝てないと知らしめ、後ろ盾にすがらせるのが目的」

昼兵衛が思惑を語った。

「なるほど。ならば、思いきり暴れていいのだな」

「いえ、できれば、静かな恐怖というのがありがたいのですが」

意気込む新左衛門へ、昼兵衛が注文をつけた。

「静かな恐怖……」

「はい。絶対勝てないと思わせるような一撃などがございませんか。力業《ちからわざ》で、ものを壊したりとかするのも、恐怖ではありますが、それは一時。力ならば無頼でも、大月さまに優《まさ》る者はおりましょう。そちらの手配をしたならば、川勝屋の恐怖は、敵愾心《てきがいしん》に変わりまする」

「ふむ……なんとかしてみよう」

難しい注文だったが、新左衛門はうなずいた。

「裏は確認してあるね」

今度は和津へ昼兵衛が話しかけた。

「へい」

「今回は裏の勝負だ」

「お任せを。あっしも、かなり頭に来てやすので」

　和津が怒りを声に乗せた。

四

「あの辻を入ったところが、川勝屋の勝手口で」

　日のあるうちに、三人は川勝屋の勝手口前に着いた。

「門は……かかってますね。大月さま、お願いできますか」

「どうする。扉ごと割るか、それとも閂だけを斬るか」

　新左衛門が問うた。

「閂だけを頼みます」

「ああ。刃が通るだけの隙間がある。十分いけよう」

　昼兵衛の指示に、勝手口を精査した新左衛門が腰を落とした。

「ぬん」

抜き撃ちに新左衛門が太刀を斬りあげた。刀身が吸いこまれるように、勝手口と壁の隙間へ入って行き、弧を描いて出た。

「開いたぞ」

太刀を鞘に戻しながら、新左衛門が告げた。

「旦那、あっしが」

勝手口に手を伸ばした昼兵衛を和津が制した。

「お見事」

和津が勝手口を押すと、音もなく扉が開いた。昼兵衛は感心した。

「商家の造りなどというのは、どこともよく似たものです。主の居間は、少し表に近いところ。庭伝いに行けましょう」

昼兵衛が方向を指さした。

「お先に」

いつでも匕首を抜けるよう、懐に手を入れたまま、和津が先頭に立った。

あるていどの大店ともなると主は、店に顔を出さなくなる。特定のお得意さまとか、よほど大きな商いのときだけ、店先で対応し、その他は店に近い居間で待機するのが普通であった。

川勝屋宗右衛門もそうであった。

「おじゃましますよ」

昼兵衛が居間で書きものをしている川勝屋宗右衛門に声をかけた。

「あっ」

顔をあげた川勝屋宗右衛門が驚愕した。

「きさまら……勝手に入ってくるとは」

川勝屋宗右衛門が昼兵衛を睨んだ。

「勝手に入ったのは、そちらが先でございましょう。まあ、来たのは、あなたの代理でございましたがね」

昼兵衛が言い返した。

「まあ、代理でよかった。でなければ、今ごろ六文銭を抱いて船に乗っているところでしょうから」

鼻先で昼兵衛が笑った。

「なっ……なんのことだ」

暗に殺したと告げた昼兵衛へ、川勝屋宗右衛門が顔色をなくした。

「とぼけても無駄でございますよ。こちらには生き証人がいますからね。おたくの奉公人の喜助さんから、二十両で引き受けたと」

「二十両……」

「おや、そこに引っかかりましたか。奉公人に抜かれていたようですな。商店の主として、それはどうかと思いますよ」

昼兵衛が嘲《あざけ》った。

「儂は知らん」

川勝屋宗右衛門が首を振った。

「もう、あなたが認めようが、否定しようがどうでもよいので。今日は、あなたと敵対するとだけ言いに来たので」

「敵対だと。たかが妾屋が」

怒声を川勝屋宗右衛門があげた。

「そのたかが妾屋に手こずっておられるのはどなたでございますかね」

静かに昼兵衛が返した。

「…………」

川勝屋宗右衛門が黙った。

「儂には手を貸してくださるお方がいる」

「こちらにもおられまする。でなければ、たかが妾屋が大奥へ人を入れることなどできますまい」

後ろ盾を自慢した川勝屋宗右衛門へ、昼兵衛は告げた。

「誰だ。それは」

「言うと思っておられるならば、あなたはよほどおめでたいお方だ」

訊かれた昼兵衛が、馬鹿にした。

「こいつ……。誰か」

川勝屋宗右衛門が大声を出して人を呼んだ。

「お呼びで……なんだ」

「いつのまに」

駆けつけてきた奉公人たちが、昼兵衛たちを見て目を剝いた。

「喜助さんというのは、どなたかな」

昼兵衛が奉公人たちを見回した。

「…………」

奉公人たちが戸惑った。

「おられませんか。どうやら浮いた金でお出かけになったようでございますな」

反応から昼兵衛が推測した。

「おまえたち、喜助がどこに行ったか知らないのか」

川勝屋宗右衛門も問うた。

「昼に一度帰って来ましたが、旦那の用で出ると」

一人の奉公人が答えた。

「なかなか忠実な奉公人をお持ちで」

「こいつ。おい、こいつらは押しこみだ。叩き出せ」

笑われた川勝屋宗右衛門が叫んだ。

「へい」

「ただちに」

奉公人たちが、庭へと降りた。

「大月さま」

「ああ」

促された新左衛門が前へ出た。

「浪人者だと。刀が怖くて、気の荒い漁師の集まる河岸で勤まるか」

若い奉公人が、嘯いた。

「…………」

言葉は雰囲気を軽くする。新左衛門は無言で若い奉公人に近づいた。

「な、なんだ」

若い奉公人が虚勢を張った。

「…………」

「こいつ。喰らいやがれ」

沈黙したまま近づいてくる新左衛門に、我慢できなくなった若い奉公人が殴りかかった。

新左衛門は若い奉公人の身体を遮蔽物《しゃへいぶつ》代わりとして使い、周りから見えないようにすばやく柄を突き出した。

「うっ」

鳩尾を突かれた若い奉公人が、小さな苦鳴を吐いて倒れた。

「なにをしやがった」

「左太郎《さたろう》、どうした」

残った二人の奉公人が、息を呑んだ。

「…………」

睨んでくる奉公人二人へ、言葉を発せず新左衛門は迫った。

「く、来るな」

「こいつめ」

二人の対応は逆であった。一人は恐怖から退き、もう一人は恐怖から逃れるため襲いかかってきた。

「ぬん」

口のなかに気合いを留め、新左衛門は太刀を居合いに遣った。

「えっ」

襲い来た奉公人が、新左衛門の太刀に首筋を撃たれ、崩れた。

「峰打ち……すごい」

和津が感嘆した。

すでに鞘走らせている太刀を遣っての峰打ちは容易であった。もっとも峰打ちとわかれば、相手がそれに対応してくるため、気づかれないように手首を返さなければならず、生半可な腕でできるものではない。

抜いた太刀でさえかなりの技術を要するのが峰打ちである。それを一瞬で勝負を付ける居合いでしてのけた。だけではない、抜いた太刀さえも鞘へ納めている。新左衛門の技は卓越していた。

「ひいいい」

一人残った奉公人が、悲鳴をあげた。

「……………」

三度、無言で新左衛門が間合いを詰めた。

「わ、わああ」

奉公人が無茶苦茶な動きで、新左衛門へ向かっていった。

「……ふっ」

吐くような息を漏らして、新左衛門が居合いで迎え撃った。

「ぎゃっっ」

左の肩をしたたかに撃たれた奉公人が、気を失った。

「……ふう」

今度はわざと鍔鳴りを響かせて、新左衛門が太刀を鞘へ戻した。

「お疲れさまでございました」

昼兵衛が新左衛門をねぎらった。

「さて、川勝屋さん。これでおわかりいただけましたように、ただいまよりわたくしどもと、あなたは敵同士。いつ襲いかからせていただくかをお教えはいたしませんが、やられたらやり返すのが、妾屋の信条。これから外出されるのは、できるだけお控えになったほうがよろしゅうございますよ。ああ、ご安心を。わたくしも商売人の端くれ。お客さまに手出しをするようなまねだけはいたしません」

「………………」

川勝屋宗右衛門が呆然とした。

「では、帰りましょう」

昼兵衛が新左衛門と和津を促した。

「生きて二度とお目にかかることはございますまい」

最後に一言を残して、昼兵衛が去った。

「……話にならない」

三人が消えて、しばらく経ってようやく川勝屋宗右衛門が動いた。

「旦那」

そこへ喜助が帰ってきた。

「勝手口の門が壊されているようでございますが……なんだ、これは」

倒れている奉公人たちを見つけて、喜助が絶句した。

「なにがあったんで、旦那」

喜助が尋ねた。

「抜け遊びは楽しかったか」

対して川勝屋宗右衛門が皮肉を口にした。

「…………」

「主の金を五両もかすめやがって……」

川勝屋宗右衛門が憎々しげに言った。

「すいやせん」

怒気を浴びせられた喜助が小さくなった。

「それでもことを成功させたならともかく……」

「……これは妾屋が」

「そうだ。用心棒を連れてきたわ。おまえの出した連中は、誰も帰って来てない」

吐き捨てるように川勝屋宗右衛門が言った。

「そんな……嘉蔵がやられるなんて」

喜助が唖然とした。

「妾屋が生きて、ここまで来たのがなによりの証だろう。この役立たずめ。二度と顔を出すな。出ていけ。奉公構い状を江戸中に回してやる」

「勘弁してくださいやし」

聞いた喜助が、土下座をした。

奉公構い状とは、不始末をした奉公人への罰として出されるものである。そこには、奉公人の名前、住所、身元引受人、出身地、菩提寺など個人を特定するための情報と、どのような不始末をしたかの内容が記された。これを出された奉公人を雇う店はまずなかった。

「御上に突き出されないだけありがたいと思え」

川勝屋宗右衛門が冷たく言い捨てた。

「…………」

主家の金をごまかしたのだ。御上に突き出されれば重罪は免れない。

「金はくれてやる。その代わりわかっているな」

「口は閉じておきやす」

喜助が首肯した。

「わかったなら、さっさと出ていけ」

犬を追うように、川勝屋宗右衛門が手を振った。

「このままでは、命が危ない」

川勝屋宗右衛門が立ちあがった。

店を出た川勝屋宗右衛門の後をしっかり和津がつけていた。

「焦ってやがるな。まったく後ろを気にもしてやがらねえ」

和津が笑った。

「こっちは大丈夫だな」

しっかり自分の後ろを確認することは忘れていない。

「山城屋の旦那の言うとおりだ。己に火の粉がかかったら、すぐに動く。小者は肚がないか」

独りごちながら、和津は日が暮れを利用して、目立たないように川勝屋宗右衛門の背中を見続けた。

「……ここは湯島傘谷台じゃねえか」

飛脚は手紙などの届けものをまちがえることなく、渡さなければならない。和津は江戸の町の隅々までを知っていた。

湯島傘谷台は千石をこえる名門旗本の屋敷が建ち並んでいた。

「入りやがった」

そのなかの一軒、とりわけ立派な屋敷に川勝屋宗右衛門が消えた。

「どなたさまのお屋敷だ」

和津は首をかしげた。

江戸の武家屋敷はどことも表札をあげない。調べるには近隣で訊くか、絵図で確認するしかなかった。

「この辻とこの辻の交差する角か」

屋敷の位置を覚えた和津は、さっさと退散した。

翌朝、夜明けとともに和津は山城屋に顔を出した。

「早いね。朝餉はすんだかい」

「まだで」

昼兵衛の問いかけに、和津が言った。

「じゃ、食べに行こうか。味門《あじと》なら開いているだろう。ついでと言ってはなんだけど、大月さまも呼ぼう。頼めるかい」

「へい。味門でやすね」

和津が大月を誘いに駆けていった。

味門は、山城屋に近い煮売り屋である。本当の名前は長門屋《ながとや》と言うのだが、味がいいことから、味の長門屋を縮めて味門と呼ばれるようになっていた。

「おはよう」

味門の暖簾を昼兵衛が手であげた。

「ずいぶんとお早い」

恰幅《かっぷく》のいい女将《おかみ》が出迎えた。

「なにができるかな」

「そうですねえ。ご飯は炊きたてでございますよ。あと、蜆《しじみ》の味噌汁に、高野豆腐と茸《きのこ》の煮物、鯵《あじ》の開きというところでございます」

問うた昼兵衛に、調理場から顔を出した細身の亭主が答えた。

「じゃあ、それを三人分頼もうかね。二つは飯を大盛りで」

「はい」

亭主が顔を調理場へ引っこませた。

鯵の開きが焼きあがるのと合わせるように、新左衛門と和津が味門へ入ってきた。

「山城屋どの、馳走になる」

新左衛門がまず礼を言った。

「いえいえ。用心棒をお願いしている間の食事は、こちらもちが決まりでございますからな」

昼兵衛が笑った。

「お待たせをいたしました」

女将が器用に三人分の膳《ぜん》を運んできた。

「話は食事を終えてからでね」

そう言って昼兵衛が箸《はし》を持った。

男三人の食事は早い。小半刻どころか、その半分ほどで膳の上はすっかり空になった。

「さて、報告を聞こうか」

白湯《さゆ》を喫しながら、昼兵衛が促した。

「へい。これをご覧くださいやし」

懐から和津が切り絵図を出した。

切り絵図は江戸の町の地図を、何枚かに裁断したものだ。持ち運びに便利であり、江戸見物に来た地方の藩士などが、土産として求めることも多く、いくつかの版元がそれぞれ工夫したものを売っていた。

「ここには、湯島傘谷台町と書いてあるね」

切り絵図は、その隅にどこのものかと書かれていた。昼兵衛が町名を読んだ。

「昨夜、川勝屋は、この屋敷に入りやした。出てくるのを確認はいたしませんでしたが」

「結構だよ。あまり長くいて、相手に気づかれては面倒だからね」

昼兵衛が和津の判断を支持した。

「どなたさまのお屋敷だい……」

切り絵図に書かれている名前を昼兵衛が読んだ。

「ご書院番《しょいんばん》押田《おしだ》兵庫《ひょうご》さま……知っているかい」

「いいえ」

はっきりと和津が首を振った。

「こういうことは、海老でなければ」

「呼んできてくれないかい」

和津の提案に昼兵衛は乗った。

「へい」

すばやく和津が駆け出していった。

「女将、もう一人前追加を頼むよ」

「ありがとうございます」

にこやかに女将が受けた。

待つほどもなく、海老を連れた和津が帰って来た。

「先に食べなさい」

「すいやせん」

用意されていた朝餉を、海老が急いで平らげた。

「ごちそうさまでやした。で、湯島傘谷台の押田さまでやすね」

手を合わせて食事を終えた海老が、確認した。

「知っているようだね」

「へい。押田さまは、読売屋にとって扱えないお方でござんすから」

「扱えない……どういうことだい」

昼兵衛が訊いた。

「押田さまのお妹さまが、将軍さまのお手つきなんで」

「ご側室さまかい」

海老の答に、昼兵衛が嘆息した。

「それも……」

「もったいつけずに、さっさと言え」

和津が海老を急かした。

「うるさいなあ。わかったよ。この押田さまの妹さまが、次の将軍さまを産まれたので」

「敏次郎さまのご母堂さまだと」

さすがの昼兵衛も驚愕した。

「さようで」

海老が首肯した。

「………」

昼兵衛が沈黙した。

「山城屋どの」

「旦那」

新左衛門と和津が声をかけた。

「……これはわたくしの手におえかねますね」

大きく昼兵衛が息を吐いた。

「ああ。手を引いたほうがいい。いや、引くべきだ」

強く新左衛門が同意した。

「伊達を相手にしたのとは、話が違う。山城屋どのの繋がりも使えない」

新左衛門が念を押した。

「尾張さまも、水戸さまも、将軍さまには及びませんな」

昼兵衛が納得した。

かつて伊達家ともめたとき、昼兵衛は御三家水戸家とのかかわりを使って、手出しを抑えた。妾屋としての繋がりを利用したのだが、今回は意味をなさない。

「藪《やぶ》を突いて蛇どころか、八岐大蛇《やまたのおろち》を出してしまったようでございまする」

「…………」

言う昼兵衛に周囲は沈黙するしかなかった。

「和津さん、海老さん、今よりいっさい山城屋に近づかれませぬよう。出入りは禁じまする。大月さま、本日分までの日当をお支払いいたしまするので、これにて用心棒のお仕事は終わりにさせていただきまする」

昼兵衛が告げた。

「……用心棒の役目は終わりだな」

「さようでございまする」

問う新左衛門に昼兵衛がうなずいた。

「ならば、これから以降、拙者がどのようにしようとも、勝手であるの」

「大月さま、いけません」

気づいた昼兵衛が新左衛門を止めた。

「すでに山城屋どのは雇用主ではない。拙者に命《めい》は出せぬ」

新左衛門が笑った。

「死にますよ」

「人はいずれ死ぬ。己の死は覚悟している。これでも武家だ」

武家は子供のときから、死というものを日常としている。その成り立ちが、敵を倒してその褒賞で生活をするというものなのだ。己を含めて死を怖れないように教育される。

「だがな、身近な人の死は辛い。山城屋どのには世話になっている。その恩人の死を見過ごせるほど、まだ達観しておらぬ」

「……大月さま」

「それにな。このまま引けば、顔を合わせられまいが」

新左衛門が、少しだけ赤くなった。

「……八重さまでございますか」

昼兵衛が嘆息した。

「では、日当は一分でよろしいな」

「けっこうだ」

減額に新左衛門は応じた。

「では、あっしはこれで」

さっと海老が立ちあがった。

「ちょいと調べなきゃいけないことができましたので」

「なにを……」

「和津さん、ご一緒願えやすかい」

「ああ」

言われた和津も腰をあげた。

「馬鹿しかいないねえ」

あきれた昼兵衛が嘆息した。

「その大本は旦那でやすよ」

海老が言い返した。

「商売人は、お客のためなら、無茶をしなきゃいけないものなんですよ」

昼兵衛が笑った。

# 第四章　虫の戦い

## 一

藩士二人の死体は出なかったが、尾張藩上屋敷用人田中与市《よいち》は、佐藤と由利が倒されたことを覚っていた。

「返り討ちにあったか」

田中与市は苦い顔をした。

「さて、どうするか。このまま知らぬ顔でいくのが無難よな……二人とも尾張の家中だと明かすほど軽率な者ではないはず」

「ご用人さま」

一人でいた田中与市に、藩士が声をかけた。

「ご来客か」

玄関番の藩士だと気づいた田中与市が訊いた。

「ご側室佐世の方さまに目通りを願って、山城屋が参りました」

「なんだと」

思わず田中が大声をあげた。

「いかがなさいましたか」

「なんでもない」

驚いた玄関番に、田中は手を振って大丈夫だと告げた。

「用件は訊いたか」

「ご機嫌伺いだと」

玄関番が伝えた。

「しかし、お方さまにお会いいただくわけにもいかぬぞ。前もって話があったならばまだしも、当日ではな」

「はい。では、そのように」

「かといって、無下にできる相手でもない」

踵《きびす》を返しかけた玄関番を田中は止めた。

「儂が会おう。そのうえでお方さまにお目通りさせねばならぬとなれば、あらためて日取りを決めることにする」

「わかりましてございまする」

田中の提案を受けて、玄関番は昼兵衛のもとへ戻った。

「ご用人さまが。それはありがたいことでございまする」

馬廻り格士分の身分を与えられているが、昼兵衛はそれをひけらかしたりせず、低姿勢であった。

「こちらでお待ち下され」

玄関番は下級藩士である。戦場で藩主の直接警固を担う馬廻りとは比べるまでもない。玄関番は慇懃《いんぎん》に昼兵衛を座敷へと案内した。

「ふむ。佐世さまのご寵愛はあせていないようですね」

残された昼兵衛は独りごちた。大名家における妾屋の価値は、その手配によって藩主側室となった女で決まった。寵愛が深ければ扱いがよくなり、子供を産めば一層あがる。逆に寵愛が薄れれば、妾屋は冷遇されることになり、それこそ供待ちで長時間放置されかねない。今通されたのは、さすがに客間ではないが、相応の広さと格式を持った書院であった。

「待たせたか」

四半刻（約十五分）も待たずして、用人田中与市が現れた。用人は藩の重役の一人である。馬廻りよりはるかに身分は高かった。

「お忙しいところ畏れ入りまする」

下座で昼兵衛が平伏した。

「お佐世の方さまには、ご多用であり、本日のお目通りはかなわぬ」

田中が告げた。

「承りましてございまする」

昼兵衛は文句を言わなかった。

「用件を聞こう。後ほどお方さまにお伝えする」

「ありがとうございまする。お方さまには、お変わりないかどうかのご機嫌伺いと、お実家《さと》へのお言葉があればお預かりをいたそうかと考えて、参上いたしました次第で」

「さようか。気遣いご苦労である」

「では、よろしくお伝えのほどお願いをいたしまする」

一礼して、昼兵衛は腰を浮かせた。

「それだけか」

「はい。佐世さまへの御用は、これだけでございまする」

確認する田中へ、昼兵衛は首肯した。

「さようか」

安堵のため息を田中が密かに漏らした。

「用人さま」

「なんだ」

「由利さまのご遺族さまに、お悔やみを申しあげますとご伝言くださいませ」

「なっ……」

田中が息を呑んだ。

「なんのことだ」

すぐに田中が立ち直った。

「お気になさらず」

あっさりと昼兵衛は引っこめた。

「妾屋は裏。表に出ることはございません。ただし、それも限度がございまする」

「わからぬことを申すな」

田中が怒った。

「おわかりにならないのならば、それも結構でございまする。ご無礼を申しました」

昼兵衛は深々と頭を下げた。

「では、失礼をいたしまする」

「待て。そのような胡乱《うろん》な話をするような者を、御三家の長たる当家へ出入りさせるわけにはいかぬ。今後は許さん」

厳しい処断を田中が口にした。

「お出入り禁止でございまするか」

「そうだ」

「では、馬廻り格と扶持米もご返上いたさねばなりません。一度お殿さまにお目通りを願いましょう」

「それには及ばぬ。儂から殿へ申しあげておく」

藩主への目通りを願う昼兵衛を、田中が止めた。

「ふふふふふ」

昼兵衛が笑った。

「なにがおかしい」

田中が咎《とが》めた。

「妾屋をあまり御舐《おな》めにならぬことでございまする。不意にわたくしが来た。普通にお使者番さまあたりが応対していれば、すみましたのを、わざわざ用人が出てきたうえ、由利さまの名前が出ただけで出入り禁止。それも殿さまへの目通りを許されている私を遮る。裏に貴方《あなた》さまがいると教えていただきました」

「な、なんだと」

さっと田中の顔色が変わった。

「お二人の藩士が亡くなったので焦られたのでしょうが、少し、用人というお役目にはふさわしいお方ではございませんな」

嘲りを昼兵衛が口にした。

「ぶ、無礼な」

「川勝屋に頼まれたのかどうかは存じませんが……わたくしがなぜ大奥のことにかかわっているか、考えてご覧になられますよう」

怒気を露《あら》わにしている田中をまったく昼兵衛は気にしなかった。

「……まさか」

そこまで言われて気づかないようでは、用人など務まるはずもなかった。

「誰に頼まれた」

昼兵衛の後ろ盾を言えと田中が詰問した。

「………」

無言で昼兵衛は田中を見た。

「なんだ……」

田中の腰が少し引けた。

「本気で訊いておられますので。だとしたならば、さっさと隠居されることをお勧めいたしますよ。用人は屋敷のすべてを取り仕切る重要なお役目。それが、このていどのこともわからないならば……やはりお辞めになられたほうが、お家のため、あなたさまのため」

「無礼を言うか。そのままには捨て置かぬぞ」

しみじみと言う昼兵衛に、田中が嚙みついた。

「おわかりになりませんか」

精一杯の憐《あわ》れみをこめた目を昼兵衛は田中へ向けた。

「ど、どういうことだ」

「大奥はどなたさまの持ちものでございますか。妾屋は、持ち主に断りなく、手を出すことはございません」

「……大奥の主……」

音を立てて田中の顔から血の気《け》が失《う》せた。

「では、これにて。ああ。わたくしの退身でございますが、殿さまへのお目通りがかなわないというならば、水戸さまから尾張さまへお伝えいただくといたしましょう」

「ま、待て。その話はなかったことにする」

あわてて田中が手を振った。

「川勝屋さんは」

「出入りを禁じる。たった今から、川勝屋は当家となんのかかわりもない」

「それはようございました」

今度こそ昼兵衛は田中の前から去った。


呆然としていた田中だったが、すぐに立ち直った。

「上様に知られた……」

田中は小さく震えた。

「ご用人さま」

若い藩士が二人、田中のもとへ来た。

「山城屋が来たとうかがいました。佐藤と由利はどういたしたのでございましょう」

「…………」

田中は答えなかった。

「お教えいただきたい」

　ぐっと若い藩士が身を乗り出した。

「……的場《まとば》と加藤《かとう》か」

　ようやく田中が反応した。

「二人はどうなりましたのでございますか」

　的場がふたたび問うた。

「佐藤も由利も死んだわ」

「なっ」

「馬鹿な」

　加藤と的場が絶句した。

「二人とも新陰流の免許でございますぞ。藩邸でもあの二人に勝てる者はそうそうおりませぬ」

　呆然と加藤が口にした。

「二人が戻って来ないのが、証拠であろう」

「山城屋はなんと申しておりました」

「…………」

迫る的場に田中が黙った。

「ご用人さま」

「……次はないと」

田中が小声で答えた。

「たかが妾屋風情が傲慢な申しよう」

的場が憤った。

「まだ遠くには行っておるまい。追って連れ戻してくれる」

加藤が太刀を摑んだ。

「おう」

同様に的場も立とうとした。

「ならぬ。山城屋にはかかわるな」

厳しく田中が止めた。

「ご用人さま」

「…………」

切迫した声に二人が驚いた。

「すべてを知られている」

「まさか……妾屋がなぜ」

田中の言葉に的場が目を剝いた。

「川勝屋を知っておるな」

「はい」

加藤がうなずいた。

「先日……」

川勝屋が訪ねてきてから、今昼兵衛から言われたことまでを田中は説明した。

「…………」

「……なんと」

二人の勢いが消えた。

「尾張家の藩主を紀州の血筋に奪われてはならぬ。そう考えて動いてきた。すべては、藩祖義直《よしなお》さま以来の正統を守り抜くため」

田中が続けた。尾張徳川家には、藩主と佐世の方の間に男子がいるにもかかわらず、十一代将軍家斉の三男敬之助《けいのすけ》が、養子として押しつけられていた。これは生母である佐世の方の身分が低すぎたため、幕府へ届け出をしていなかった、その隙を突かれたのだ。

「吉宗《よしむね》の来孫を主君として仰げるか」

吐き捨てるように田中が言った。

御三家筆頭の尾張家には、紀州徳川家への根強い恨みがあった。

ことは七代将軍家継《いえつぐ》の跡継ぎ問題であった。わずか五歳で七代将軍となった家継は蒲柳《ほりゅう》の質であった。当然なことだが、家継に子供はいない。正室の吉子《よしこ》内親王は家継より五歳歳下、側室もいないため、懐妊している女もなかった。そう、徳川将軍家は跡継ぎをなくした。

このようなときのことを考えて、神君と讃《たた》えられる家康が作ったのが、尾張、紀《き》伊《い》、水戸の御三家であった。将軍となった三男秀忠《ひでただ》を除いた息子十人のなかで、徳川の名跡を許された九男義直、十男頼宣《よりのぶ》、十一男頼房《よりふさ》の三人だけが、別格の扱いとなり、将軍に跡継ぎなきとき、人を出すと定められていた。

七代将軍家継の世継ぎが問題となった当時、尾張徳川家は四代吉通《よしみち》、紀州徳川家は五代吉宗、水戸徳川家は三代綱條《つなえだ》が当主であった。最初に降りたのは、水戸であった。水戸は元々紀州家と同母の弟というのもあり、紀州に人がなければという弱い立場であった。また、綱條も老境に入り、今さら将軍となることを望んではいなかった。

結果、八代将軍の座は、尾張吉通と紀伊吉宗の二人のどちらかとなった。といっても、格でいけば、九男義直を祖とする尾張家が、十男頼宣を始めとする紀州家よりも上になる。徳川家が重視する長幼の序である。尾張家が八代将軍を出すと誰もが思ったとき、予想外のことが起こった。

尾張吉通が死んだ。それもあからさまな毒殺であった。

大本は、吉通の生母にあった。三代藩主綱誠《つなのぶ》の側室だった吉通の生母本寿院《ほんじゅいん》は、綱誠の死後仏門に入ったが、あまりに素行が悪かった。気に入った小姓と同衾《どうきん》する、酒を飲み肉を喰らう。それが目に余った吉通は母を寺へ軟禁した。その母のもとを訪れて、酒食を共にした直後、吉通は激しい嘔吐《おうと》、発熱を起こした。藩主の異常である。すぐに医師が呼ばれ、治療が始まるはずだったが、なぜか吉通は放置され、吉通翌日苦悶《くもん》のうちに亡くなった。まだ二十五歳という若さであった。このとき、吉通の側にいたのが、愛妾とその兄の小姓役であり、この小姓役こそ、本寿院の相手を務めた男であった。

尾張藩は必死で醜聞を隠した。藩主急病を言い立て、その長男、五郎太《ごろうた》への相続を願い出た。二十五歳の吉通の長男五郎太は三歳、とても将軍候補としてふさわしくない。尾張家は、八代将軍争奪の戦いから降りざるを得なくなった。

この吉通の毒殺を尾張は、紀州吉宗の策謀と考えていた。

「名君の誉《ほま》れ高かった吉通さまを排するために、本寿院を籠絡《ろうらく》した」

藩主の生母を田中は呼び捨てにした。

「本寿院を籠絡し、吉通さまを死に追いやった小姓守崎頼母《もりさきよりも》こそ、紀州家の細作《さいさく》に違いない」

田中が憎々しげに言った。

吉通の愛妾であった尾上《おがみ》の方の出自ははっきりしない。尾張家で女中をしていたときに、吉通の目に留まり、愛妾となった。その縁で守崎頼母は尾張藩へ抱えられた。愛妾の兄ということで、吉通の信頼を得た守崎頼母は、本寿院へ接近、わりない仲になった。そして、事件は起こった。吉通が苦しんでいたとき、側に居たのは尾上の方と守崎頼母だけであり、二人は医者を呼ぶどころか、看病さえまともにしなかった。そして吉通が死去した後、守崎頼母と尾上の方は行方不明となっていた。

「本来ならば、八代将軍の座は吉通さまが継がれ、尾張藩士のうち選ばれた者は、譜代大名、旗本となったはずだった」

尾張家はその設立の経緯もあり、藩士の多くはもと譜代大名、旗本、あるいは、その分家であった。一応、御三家の家臣は直臣に準ずると言われてはいるが、幕初から百二十年近く経つと、厳密な格差が生まれてくる。尾張藩士は陪臣として扱われていた。

「我らの望みを消した吉宗。その血を引く者を尾張に迎えるなど、とんでもないことだ」

「さようでございまする」

「仰せのとおりでござる」

憤る田中に加藤と的場が同意した。

「川勝屋は失敗した。使えぬ奴など、どうでもいい。今後は、我らが独自に動く。それには、大奥についた妾屋は邪魔でしかない」

「お任せいただけましょうか」

加藤が言った。

「よいのか。佐藤と由利の二の舞になりかねぬ。藩邸の外で骸《むくろ》を晒したならば、助けてやりようがない。当家にかかわりのない無縁仏として葬られることになる」

「殿のお血筋を守るためでございまする」

強く加藤が胸を張った。

「一度枝になったとはいえ、殿には藩祖義直さまのお血が続いておられまする。それを失えば、我ら尾張の者どもは、なにを支えに忠義を貫けばよろしいのか」

的場が述べた。

尾張の嫡流は、吉通の三代後で途絶えた。吉通の嫡男五郎太は、藩主となってわずか二カ月ほどで死亡、その跡を継いだ吉通の弟継友《つぐとも》は、もう一度八代将軍の座へ名乗りをあげようとしたが、立て続けに二人の藩主の葬式をしなければならなかったため、藩の財政がそれに耐えられず断念、失意の内に死んだ。継友にも世継ぎがいなかったので、弟の宗春《むねはる》が七代藩主となったが、これらの経緯もあり、八代将軍吉宗へ逆らい、隠居を命じられてしまった。

このとき吉宗が取ったやり方も尾張の家臣たちを憤慨させた。

吉宗は尾張藩に断絶を命じた。そして尾張の分家美濃高須藩主松平但馬守友著《まつだいらたじまのかみともあき》の嫡男宗勝《むねかつ》を新規おとり立てとして、尾張の領地を与えた。もちろん、形式だけで、石高も変わらなかったが、これのおかげで尾張徳川家の格が落とされた。

そう、御三家筆頭という格を、尾張家は失った。初代義直から続いてきた尾張家と、今の尾張家は別ものにされてしまったのだ。

宗勝を初代藩主とした新生尾張家は、御三家の新参者となった。

この差は大きかった。尾張家臣の誇りを吉宗は奪った。その反発は根深い。そこに吉宗の血を引く藩主を押しつけられてはたまらない。

田中の思いは、尾張家臣大多数のものでもあった。

「尾張の正統の盾となるならば、惜しむものなどございませぬ」

「その言やよし。万一のことがあっても、二人の家は、儂が守る。後顧の憂いは不要である」

的場の宣言に田中がうなずいた。

「これを使え」

田中が用人部屋の文箱から、切り餅を出した。

「二十五両。少ないが、どのようにでも使え。人を雇うもよし、士気向上のために散財するもよし。返さなくともよい」

「このようなお気遣いは……」

「かまわぬ。己を省みぬ覚悟ある者へ、儂のできることはこのていどでしかない」

断ろうとする的場へ、田中が金を押しつけた。

「儂とて、用人という役目がなくば、貴殿らと共に、いや、先頭に立って戦う。だが、立場がそれを許さぬ」

田中が悔しがってみせた。

「ご案じなさるな。我ら田中さまの分も働いてみせましょう」

加藤が強く言った。

「頼んだぞ、忠義の士たちよ」

田中が持ちあげた。

「お任せあれ」

「吉報をお届けいたしましょう」

二人がしっかりとうなずいた。

## 二

尾張藩邸を出た昼兵衛は、待っていた新左衛門と合流した。

「いかがであった」

「一応種は蒔いておきました。近いうちに馬鹿が参りましょう」

昼兵衛が笑った。

「多勢で来られれば、さすがにきついぞ」

新左衛門が懸念を口にした。

どれほどの名人でも、手は二本しかない。二刀を遣っても同時に相手できるのは二人までであった。もちろん、相手の攻撃には遅速があるため、実際はもう少し戦えるが、それでも限界がある。十人以上で来られれば、まず勝てなかった。

「そこまでお力はございますまい。あのお方に」

冷たい声で、昼兵衛は用人の田中を評した。

「尾張さまも一枚岩ではございませんからね。あのご用人さまと反対の考えをなさっておられる方も多い」

「反対……」

「さようで。形だけとはいえ、一度潰れておりますからな、尾張さまは。もう一度潰されないという保証はございませぬ。そして今度は復活させてもらえるとはかぎりませぬ」

「保身か」

「はい。藩が潰れて浪人するよりは、将軍の息子を戴《いただ》いて、永続していくほうがいいと考える」

確認する新左衛門へ、昼兵衛が話した。

「今の世のなかでは、こちらのほうが優勢」

「なるほどな、では、あまり無茶もできないということだ」

新左衛門が納得した。

「お武家さまとはいえ、人は生きて行かねばなりませんからね」

「だな」

昼兵衛の言葉に新左衛門が首肯した。

「わたくしたちも同じ。まだ死にたくはございません。そのためにわざと尾張さまを挑発したのでございまする。押田さまと尾張さま、二つ同時は無理。まずは、簡単に相手のできる尾張さまを抑え、そののち押田さまに対応する」

「前後に敵を迎えるのは、愚の骨頂。山城屋どのの策、まちがいないと思う」

新左衛門が認めた。

「果たしてこちらの思惑どおりにいきましょうかね。相手は人でございます。人というのは、思いがけない手を打って参りまする」

難しい表情を昼兵衛がした。

「そういえば、山形どののお姿を見ぬが」

ふと新左衛門が口にした。

「吉原でございましょう」

昼兵衛が答えた。

「呼ばなくてよいのか」

「吉原は世間と違いまする。世俗を忘れ、遊びたいがために行くところ。楽しんでおられるのをお邪魔するわけには参りませぬよ」

「たしかにな」

新左衛門が同意した。好いた女がどれほど支えになるか、新左衛門は身をもって知った。

「これも妾屋の矜持。小さなものですがね。妾屋が女と戯《たわむ》れている男に無粋なまねはできますまい。それにいつまでも吉原に居続けられるわけではございませぬ。金が切れれば、戻って来られまする」

「間に合えばいいが……」

「それも縁というものでございますよ」

淡々と昼兵衛が述べた。


尾張家家臣の加藤と的場は、二十五両の金を持って吉原へ来ていた。

「どうすればいいのだ」

加藤が戸惑った。

「拙者も初めてだ。わからぬ」

的場も首を振った。

「戦いの前に吉原へ来てみたいと思ったが、深川や柳橋の遊郭とは全然違う。多すぎて、どこへ入ればいいのかさえ、わからん」

「ああ」

吉原の大門《おおもん》を潜ったところで、二人はそのきらびやかさと遊客の多さに圧倒されていた。

「旦那さま」

不意に加藤が声をかけられた。

「なんじゃ、町人」

加藤が身構えた。

「失礼をいたしまするが、旦那さま方は、初めてのお客さまで」

「そうだが、きさまは何者だ」

「申し遅れました。わたくし、その吉原会所に勤めまする三浦屋《みうらや》の男衆《おとこし》で吉弥《きちや》と申しまする」

男が名乗った。

「三浦屋、会所」

的場が首をかしげた。

「吉原の案内人だと思《おぼ》し召していただければ結構でございまする」

吉弥が言った。

「そうか。ちょうどよかった。よい店へ案内せい」

「失礼でござんすが……」

ちらと吉弥が二人の懐へ目をやった。

「金ならあるぞ」

切り餅は加藤が預かっていた。

「では、こちらへ」

吉弥が案内したのは三浦屋であった。

「ご案内、お二人さま、初会で」

「あいよお」

三浦屋では別の若い者が受けた。

「浅黄裏《あさぎうら》だが、金はある」

すばやく吉弥が同僚に囁《ささや》いた。浅黄裏とは、田舎武士の隠語である。遊びかたを知らず、無理難題を押しつけるものとして、吉原では馬鹿にされていた。

「……わかった」

若い者がうなずいた。

「ようこそのお出でございまする。最初に一つだけお伺いをいたしまするが、今後も当見世をご贔屓《ひいき》に願えまするか」

「我ら所用で江戸を離れる。以後はない」

的場が首を振った。

「さようでございますか。では、こちらに。当三浦屋は一見《いちげん》さまをお揚げしない決まりでございまして」

さっさと二人を三浦屋から少し離れた、吉原を貫く仲町通りから一本入った小見世へ、若い者が案内した。

「こちらでよろしゅうございまするか。ここならば、うるさいしきたりもございません」

若い者が加藤と的場に訊いた。

「しきたりとはなんだ」

加藤が問うた。

「吉原では遊女とお客さまをかりそめの夫婦として扱いまする。従いまして、初会はお見合い。顔を合わすだけでお別れいただかなければなりやせん」

「なんだと。金を払って、顔を見るだけで帰れと言うか」

的場が憤った。

「お平らにお願いいたしまする」

あわてて若い者が宥《なだ》めた。

「ですので、こちらにお出で願ったので。こちらでございましたならば、そのような野暮は申しませぬ」

「当然だ。我らは金を払うのだぞ。料理屋で匂いだけ嗅《か》いで帰れというような不埒《ふらち》なまねをすれば、そのままで捨て置かぬ」

太刀の柄に手を置いて、加藤が言った。

「ご勘弁を。この見世でもっともいい遊女を遣わしますので」

大仰に頭を下げて若い者が声を張りあげた。

「浜風《はまかぜ》さんと紅葉《もみじ》さんへよしなに」

「あい」

二階から媚びを含んだ女の声がした。

「ささ、どうぞ、どうぞ」

二人を二階へと若い者が案内した。

山形将左は、七瀬《ななのせ》と綾乃《あやの》を左右に侍らせて、酒を飲んでいた。もともと七瀬の客であった山形将左は、とある事情で綾乃の窮地を救ったことで、吉原としては特例である二人遊女の馴染《なじ》み客となっていた。

二人の美女を両の腕に抱く。男として夢の体現であるが、よいことばかりではなかった。あたりまえのことだが、すべての費用が倍要るのだ。用心棒として破格の日当を得ている山形将左とはいえ、そうそうできることではなかった。

「そろそろ帰るかの」

「名残《なごり》はおしゅうござんすが、いたしたかごさいやせん」

七瀬が寂しげな声を出した。

「…………」

無言で綾乃がうつむいた。

「働かなくてはここへも来られぬ。それにな、あまり長く居続けるわけにもいかぬ事情があってな」

「ご事情が」

小さく七瀬が首をかしげた。

「恩ある人の身に危難が及ぶかも知れぬのだ」

「よろしかったのでありんすか」

今回の居続けの是非を七瀬が問うた。

「三日やそこらならばな。吾と同等の腕を持つ用心棒がもう一人おる。あの御仁の守りを抜くのは難しい。だが、一人での仕事はきつい。気を抜く暇がないからの。よほど心の練れている者でまず五日が限度だ。それをこえると集中が続かず、無意識に油断してしまう。そして明日で四日目になる」

山形将左が述べた。いつもなら、十日は居続ける山形将左であったが、今回は短めで切りあげると宣した。

「それはたいへん」

綾乃が口を開いた。

「ということで、今回は一度明日帰る」

「あい」

「…………」

七瀬と綾乃がうなずいた。

「ならば、派手にいこう。酒と膳の代わりをな」

「あい、あい」

注文を受けて綾乃が部屋を出ていった。

大見世ならば、廊下にかならず雑用をこなす若い男が一人は控えている。三浦屋とか卍屋《まんじや》とか、大夫《たゆう》を抱えるほどの見世ともなれば、もっと多い。しかし、吉原でも小見世であるここでは、二階と一階の用を受けるため、階段下に一人が控えているだけだった。七瀬はそこまで声をかけに出ていったのだ。

「…………」

「どうした」

戻って来た七瀬の顔色を見た山形将左が怪訝な顔をした。

「嫌な浅黄裏でござんす」

七瀬が頬をゆがめた。

羽織の裏に浅黄色の裏地を多用したことで、諸藩の藩士はこう呼ばれていた。武士は四民の上である。人でさえない吉原の遊女など、どのように扱ったところでかまわないと、無茶をすることが多く、吉原ではとくに嫌われていた。

「床急ぎか」

山形将左が嘲笑を浮かべた。

床急ぎとは、遊女との会話や飲食を無視して、手を出すことを言う。吉原で、もっとも嫌がられる行為であった。

「あい。浜風さんも、紅葉さんも、おかわいそうに。お茶を引いていたから」

お茶を引くとは、暇な遊女に茶葉を細かく擦《す》り潰させたことから、客のつかなかった遊女をさす隠語である。

客がつかなかった遊女には、相応の罰があった。一つめは食事抜きである。基本、吉原の遊女は一日一食、昼だけ与えられた。夜は、客の頼んだ食べものを相伴する。そう、客がいなければ、自前で金を払って出前を取るか、我慢するかしかない。

もう一つが、自前で己の揚げ代を支払うのだ。遊女は借金の形に客を取っている。客がつかなければ、見世は儲からない。そこで、遊女自身に代金を払わせた。もちろん、遊女にそんな余裕があるわけはなく、結局借財になった。

「……………」

綾乃が辛そうな表情をした。

吉原の大見世で看板遊女となってもおかしくない容姿をしている綾乃が、辻を入った小見世でくすぶっているのは、その愛想のなさにあった。初会は見た目だけで揚がってもらえても、まともに口もきかないどころか目も合わさない遊女を、次も買おうと考える客は少ない。客は二回かよって初めて馴染みとなり、いろいろ見世からも便宜を図ってもらえるようになる。馴染み客となれば、他の見世へ移ることはできないしきたりである。馴染み客の多い遊女こそ、見世にとってありがたい。

馴染み客が皆無に近い綾乃は、見世にとって儲からない遊女であった。夕食抜きは当たり前、茶を引いての借財も増え、このままではもっと格下の見世へ売り飛ばされる。そこまで行っていた綾乃は、山形将左によって救われた。だけに、茶引きの辛さを綾乃はよく知っていた。

「茶引きで与えられた客は振れやせん」

低い声で綾乃が言った。

苦界といわれている吉原だが、遊女にも救いはあった。気に入らない客に抱かれないという選択が許されていた。これを振ると言い、客もおとなしく揚げ代を払って、なにもしないのが決まりであった。

ただし、これは自前の客にだけできる言わば、嫉妬を利用した手練手管であった。当然のことだが、茶引きを防ぐために迎えた客相手にはできなかった。

「野暮はしかたねえ。育ちもあるからな。だが、女は抱くもんじゃねえ。女は愛《め》でるもんだということをわかっていない」

「昨日、三回もした人の言うことではない」

綾乃が小声であきれた。

「おや、綾乃さんは三回でござんしたのかえ。あちしには二度しかいたしてくださいやせんでした」

七瀬がすねた。

「やぶ蛇、やぶ蛇」

山形将左が首をすくめた。

「きゃっ、ご堪忍でありんす」

廊下に遊女の悲鳴が響いた。

「馬鹿が」

すぐに山形将左が気づいた。

「主さま」

「…………」

七瀬と綾乃が震えた。

「ちいと待ってろ」

山形将左が立ちあがった。

廊下へ逃げようとした紅葉の後ろ襟を的場が摑んでいた。

「買われた妓《おんな》が、客を嫌がるとはどういうことだ」

的場が怒っていた。

「嫌などとは申しておりやせん。少し膳など頼んでお話をとお願いしただけでござんすえ」

紅葉が泣き声をあげた。

「食いものなど要らぬ。夕餉はもうすませてきた。ならば、することなど一つであろうが」

きつい口調で的場が紅葉を叱った。

「ひえええ」

ぐっと首を引かれた紅葉が悲鳴をあげた。

「黙れ」

的場が紅葉の口に手を当てようとした。

「いい加減になされよ。恥だと思われぬのか」

山形将左が止めに入った。

「なんだ、おぬしは」

「同じ客でござる。折角美姫を抱き、酒をたしなんでいたところに、無粋な争いの音。なにかと見てみれば、妓相手に乱暴狼藉。みっともないまねは、お止めなされ」

誰何する的場を、山形将左は諫《いさ》めた。

「おぬしにはかかわりのないことだ。だいたい金に買われた妓ではないか。客の求めに応じるのは当たり前じゃ」

的場が言い返した。

「やりたいだけならば、他所《よそ》へ行きな」

がらりと山形将左が口調を変えた。

「なんだと」

「吉原はな、妓としゃべるのも味のうちなのだ。それもわからないで来るようならば、まだ、おめえには早すぎたんだよ」

「ぶ、無礼な。見たところ浪人のようだが、分をわきまえろ。主なき者は武士ではない。人がましく、他人に意見できる身か」

怒った的場が山形将左を嘲弄《ちょうろう》した。

「吉原でまで身分を振り回すとは。田舎者もきわまれりだな」

山形将左があきれた。

「黙れ。さあ、部屋へ戻れ」

「あれ」

ふたたび的場が紅葉を引きずった。

「よせと言った」

すばやく近づいた山形将左が、的場の手を叩いた。

「あつっ。なにをする」

「阿呆《あほう》。いくら襟ぐりを大きく開けているとはいえ、後ろ襟を摑んで引きずってみろ。首が絞まるわ」

「……打ったな」

山形将左の言葉など聞かず、的場が睨んだ。

「邪魔だっ」

摑んでいた妓を突き飛ばして、的場が山形将左へ向かって来た。

「くらえ」

的場が殴りかかってきた。

「ふん」

大振りの一撃を、山形将左は余裕でかわした。

「逃げるな」

何度殴りかかっても当たらないことに的場が焦った。

「なに言ってやがる。美女に嫉妬で頰を張られるならともかく、男に黙って殴られてやる義理はない」

山形将左が笑った。

「こいつ」

一層的場が激昂した。

「なんだ、騒がしいぞ」

着物をはだけた加藤が部屋から顔を覗かせた。

「加藤、こいつが我らを愚弄したのだ」

「なんだと」

さっと加藤の顔つきが変わった。

「おいおい。いつのまに増えたのだ。吾が相手にしたのは、こいつだけだぞ」

我らと複数にした的場へ、山形将左が手を振った。

「妓の前で恥をかかされたのだ」

「武士が妓の前で恥を……」

的場の言いぶんを聞いた加藤が部屋から出てきた。

「おいおい、せめてふんどしくらいは、締めてこい。情けないものが見える」

山形将左が煽《あお》った。

「なんだと」

加藤が真っ赤になった。

「痛い目を見せねばわからぬらしい」

「おう」

二人で殴りかかってきた。

「たいしたことねえな」

山形将左は余裕であった。妓楼の廊下は狭い。とても二人が並ぶことなどできない。同時にかかってこられなければ、一人ずつを相手にするのと変わらない。

「いい加減あきたな」

しばらくからかった山形将左は、表情を引き締めた。

「しかし、止めにも出てこないか。ここの忘八《ぼうはち》は、話にならねえな」

忘八とは遊郭にいる男のことだ。仁義礼智忠信孝悌を忘れた者との意味で、やはり人扱いされなかった。忘八は、遊女の雑用を主たる仕事とするが、力を持たない遊女を守るのも任であった。客同士のもめ事に割って入るのも、その一つである。しかし、これだけ騒いだのに、忘八は顔さえ出さなかった。

「的場、こいつできる。下へ行って刀を取って来てくれ」

「おう」

言われた的場が背を向けた。

吉原はかつて武家が、遊女に振られたと激昂して、刃傷沙汰《にんじょうざた》を起こした経験から、登楼前に両刀を預かるのが決まりとなっていた。

預けられた両刀は、持ち主の名前を書いた札をつけられて、入り口脇の小部屋で保管されていた。

「ちっ」

山形将左は舌打ちした。

今度は廊下の狭いのが災いした。加藤を押しのけないと、山形将左は的場の後を追えない。そう、山形将左は刀を手にできないのだ。

「……………」

にやりと加藤が笑った。

「……旦那、さすがに」

「やかましい」

階下で争う声がしたが、すぐにおさまった。

「……待たせたな。ほれ」

階段を駆けあがっていた的場が、加藤へ両刀を渡した。

「おう」

すばやく下がって、山形将左との間合いを空けてから、刀を受け取るところは、なかなかの心得であった。

「ほう……」

山形将左は感嘆した。間合いのうちで刀を受け渡しするようならば、奪ってやろうと考えていたのだ。

「その割に殴り合いには慣れていない。道場剣術か」

口のなかで山形将左が呟いた。

戦国からすでに百八十年近い。戦《いくさ》を知っていた者はもちろん、古老から話を聞いていた者もすでに亡い。武士でも生涯真剣を抜いたことがないというのが普通になっている。出世するには、剣よりも算盤《そろばん》と言われて久しいが、だからといって武士の体面は保たなければならないのだ。実際に遣うことのない剣の技を教える。生き死にをかけたものではないのだ。どうしても甘くなる。

剣術道場では剣の振りかたや、戦いかたを教えるが、その先にある剣を失ったときのやりかたまでには至らない。剣があることが大前提になる。ゆえに剣を持ったならば、そこそこの動きをするが、なくせばなにもできなくなる者が生まれる結果となった。

「さて、ここで土下座して詫びるならば、命までは取らぬ。そうよな、その髷《まげ》と腕一本で許してやってもよい」

勝ち誇った顔で的場が言った。

「腕は困るな。これから愛しい女を触るのでな」

間合いを計りながら、山形将左が返した。

「ならば、死ね」

太刀を抜いた加藤が斬りかかってきた。

「喰らうか」

動きを予想していた山形将左は、相手の右へと身を寄せて太刀に空を切らせた。

「こいつ」

急いで流れた太刀を引き戻そうと加藤が腕に力を入れた。

「させると思うか」

開いた脇に、山形将左が拳を入れた。

「ぐあっ」

脇の下には腕を動かす神経の大きな溜まりがある。そこを叩かれて、腕がしびれて加藤の太刀が落ちた。

「まったく、なってはいねえなあ」

落ちた太刀をすばやく拾いあげた山形将左が嘆息した。

「狭いところで太刀を抜けと教えたのか、おまえたちの師は」

「なにを……」

「師の悪口は許さぬ」

二人が山形将左を厳しい目で見た。

「面倒になってきたの。おい、会所へ人をやりくらいはしたか」

大声で山形将左が訊いた。

「へい。すでに」

下から忘八の声がした。

「ならば、殺すまでもないな」

山形将左が太刀を構えた。

「下がれ、加藤」

得物を失った加藤の代わりに、的場が前に出た。

「…………」

無言で的場が太刀を下段に構えた。

「少しは頭が回るようだ」

口の端を山形将左はつりあげた。

狭いところで長い太刀を振りあげれば、天井板や梁《はり》に引っかかってしまう。真剣勝負の最中にそうなれば、無防備な胸から腹を相手に晒すことになる。

先ほどの山形将左の言葉で気づいた的場の対応であった。

「では、相手をしようか」

山形将左は、太刀を左肩に担いだ。

「……おう」

的場が大きく踏み出して、下段から斬りあげてきた。

「なかなかだが」

思ったよりも鋭い斬撃を、半歩下がってかわした山形将左は、肘を折りたたんだまま、肩に担いだ太刀を振った。

小さな軌道で出た太刀が、空を切って天を向いた的場の切っ先を叩いた。

「えっ」

切れ味が鋭いだけに、日本刀は薄い。とくに切っ先三寸はぎりぎりまで研ぎ澄まされているため、肉に余裕がなかった。

澄んだ音を立てて、両方の太刀の切っ先が欠け飛んだ。

「おいやあ」

太刀の先を失って呆然としている的場の懐へ入るように近づいた山形将左が、左足で思いきり蹴った。

「ぐえええ」

腹に足首がめりこむほどの蹴りを受けて、的場が身体を折り曲げ、吐いた。

「蹴るなど卑怯な」

加藤が罵った。

「ふん。戦場で同じことを言えたら、謝ってやる」

息もできず苦悶している的場を踏みこえて、山形将左が加藤へ折れた太刀の先を突きつけた。

「ひっ」

白刃というのは見ただけで圧迫する。加藤が退いた。

「さっさと帰れ。こいつを連れてな。会所の若い者が来る前に帰らないと、藩の名前が出るぞ」

「……わ、わかった」

衣服を整えることなく、加藤が的場を抱えて歩き出した。

「待て、揚げ代は払え」

山形将左が制した。

「遊郭に揚がった以上、なにもしなくても支払うのが決まり。ああ、あと妓と男衆への心付けも忘れるな」

「…………」

無言で加藤が懐から小判を出し、投げつけた。

「一人分だな、これでは。一人は無銭で会所に突き出すぞ」

「……くっ」

もう一枚の小判を加藤が投げた。

「けっこうだ。おい、紅葉と浜風」

山形将左が呼んだ。

「あい」

「…………」

二人が応じて廊下に出てきた。

「心付けまでいただいた。礼を言え」

「あい。かたじけのうありんすえ」

「おかたじけのうござんす」

促されて二人がしなを作った。

「……覚えていろ」

捨てぜりふを残して、加藤が見世を出ていった。

「山形さま、ありがたく」

紅葉が頭を下げた。

「礼なら、綾乃と七瀬にな」

そう言って山形将左は、七瀬と綾乃の待つ部屋へと戻った。

「………」

山形将左の姿を見て、七瀬と綾乃が黙って両手をついた。

三

山城屋昼兵衛から一件の黒幕が書院番押田兵庫だと報《しら》された小姓組頭林出羽守忠勝は、苦吟していた。

「上様にお話しすべきか」

寵愛の側室内証の方の産んだ長男を殺し、三女まで殺そうとしたのが、家斉の嫡男として十二代将軍を約束された敏次郎の母、楽の方の兄だったのだ。

「竹千代さまがお亡くなりになったのが、寛政五年（一七九三）六月二十四日。そして敏次郎君《ぎみ》がお生まれになったのは、寛政五年五月十四日。ううむう」

林出羽守が唸《うな》った。

「かも知れぬとは考えていたが……」

報せを受けて三日、林出羽守は煩悶《はんもん》した。

「出羽守、供をせい。他は遠慮いたせ。庭へ行く」

家斉が散策すると言い出した。

「はっ」

将軍の命である。顔をできるだけ合わせたくないと思っても断るわけにはいかなかった。林出羽守は、家斉の後に続いた。

「風が吹いておるの」

築山《つきやま》を前にして、家斉が言った。

「お休息の間におるとな、風が吹いているかどうかさえわからぬ」

家斉が首を振った。

将軍の居室である。万一を考えて、直接庭とは繋がっていない。庭に面した雨戸、廊下側の障子を開け放てば、多少の風は通るが、実情とはかけ離れていた。

「将軍というのは、風が吹いているということさえ報せてもらえぬものなのだ」

「……………」

林出羽守は返答に困った。

「そなたも、躬《み》を蚊帳《かや》の外に置くのか」

顔を築山に向けたままで家斉が言った。

「上様……」

なんとも言えない顔を林出羽守がした。

「のう、躬は吾が子のことでも知ってはいかぬのか」

振り向いた家斉が、寂しそうな顔をした。

「気づいておらぬと思っていたのか。そなたがここ数日思い悩んでいたことに」

「……申しわけございませぬ」

林出羽守は平伏した。

「思いあがっておりました。上様は天下を統《す》べられるお方、わたくしごとき小者がお考えを推し量るなど、不遜《ふそん》でございました」

額を地にこすりつけて林出羽守は詫びた。

「……お話を申しあげまする」

林出羽守が語った。

「兵庫め……」

家斉の声が低くなった。

「まだ確定したわけではございませぬ」

「なめるな出羽守。躬はいきなり兵庫を咎めるほど軽率ではないわ。兵庫は敏次郎の伯父だ。その伯父が竹千代を害したとなれば、天下は揺らぐ。表沙汰にはできぬ」

怒りを抑えて家斉が告げた。

「……畏れ入りまする」

もっとも寵愛している側室との間にできた長男を殺されたのだ。その憤りは強いはずだが、家斉は感情のままに動かず、我慢していた。

「躬は徳川の系統を続けるため、分家から本家を継いだ。つまり、躬の仕事は次代に血を繋ぐことだけである。その躬が、系統のもめ事などしてはならぬのだ」

家斉は、己の役目をよく理解していた。

「れきたる証はないのだろう」

「……はい」

「ならば、ことを荒立てるわけにはいかぬ。大奥の正統を疑われることになる。大奥で生まれた子供が、外からの手で殺される。これは、大奥の警固の甘さの証明でもある。大奥へ、刺客が出入りしたと考えられてもしかたあるまい。刺客が出入りできるならば、男の侵入も否定できまい」

「………………」

肯定するわけにはいかず、林出羽守は沈黙した。

「内証の痛みを考えると、たまらぬが、将軍は一人だけのものではない。竹千代のことを蒸し返すことは許されぬ。真実が明らかになったところで、死んだ子は帰って来ぬ」

「ご心中お察し申しあげまする」

林出羽守が家斉の決断に涙した。

「その代わり、綾はなんとしてでも守れ」

「かならず」

家斉の命に、林出羽守が平伏した。

「もう一つ、大奥仏間係の中臈月島が、お内証の方さまを脅しておるようで」

「……愚か者が」

説明を受けた家斉があきれた。

「好いた女に手出しをされて男が黙っていると思っているのか。ふん、隠居後のことなど考えておられぬようにしてくれるわ」

家斉が憤慨した。

「それだけか」

報告は終わりかと家斉が問うた。

「最後に、一つお願いがございまする」

「申せ」

「妾屋が上様よりお代金をちょうだいいたしたいと……」

昼兵衛の要求を林出羽守が伝えた。

「ほう。躬を客にするか。おもしろい」

家斉が笑った。

「だが、躬は金を持っておらぬぞ」

江戸城に籠もりきっている将軍なのだ。財布はおろか、金さえ手にしたことはなかった。

「矢立を持っているか」

「これに」

林出羽守が懐から懐中矢立を取り出した。旅人が好んで使う懐中矢立は、普通のものより軽くて小さい。筆も短いが、使えないほどではなかった。

「……これをくれてやれ」

腰にしていた白扇へ、家斉がするすると文字を書き、林出羽守へ渡した。

「畏れ多いことでございまする」

林出羽守が押しいただいた。

林出羽守は家斉の厳命を携えて、山城屋を訪れた。

「今度はなにを」

昼兵衛は露骨に嫌な顔をした。

「川勝屋を片付けろ」

「無茶を仰せられては困りまする。わたくしどもは、一町民でございまする。その手のご依頼ならば、町方にお願いをいたしまする」

とんでもないと昼兵衛は拒んだ。

「町奉行は使えぬ。川勝屋をどうにかしろと命じれば、するだろう。無理からでも罪を押しつけてな。だが、そうさせれば、なぜ、吾がそれを命じたのかという疑問を持とう。町方には、ものを調べる力がある。川勝屋を拷問してでも、聞き出すだろうな。そうなればどうなる。大奥でのことを知って、黙ってなにも動かぬような者が町奉行になるはずもない。きっとそれを利用して、さらにのし上がろうとするだろう」

「……お役人さまは……」

子供の死まで使う役人の出世欲に、昼兵衛はあきれた。

「これ以上、知る者を増やすわけにはいかぬ。ゆえに、そなたたちに任せる」

林出羽守が理由を告げた。

「ですから、ご法を破ることなどできませぬ。川勝屋さんを殺すなど」

昼兵衛は首を振った。

「人の話をちゃんと聞かぬか。吾がいつ川勝屋の命を取れと命じた」

「えっ」

あきれる林出羽守に、昼兵衛は呆然とした。

「片付けろと言われましたのでは」

「申したが、妾屋では片付けるというのは殺すことなのか。随分と物騒な商いであるな」

林出羽守が小さく笑った。

「ご勘弁を」

遊んでいると知らされて昼兵衛は嘆息した。

「わかったな。これを使え」

懐から出した四つの切り餅を林出羽守が、昼兵衛のもとへ押した。

「こんなに……」

「金はいくらあっても足りることなどあるまい。余りは言わずともわかろう」

林出羽守が濁した。

「口を閉じておく代金でございますな」

昼兵衛は首を縦に振った。

「急げよ。綾姫さまにまた危機が及ばぬうちにな」

「承りましてございまする」

金を手元に引き寄せて、昼兵衛が頭を下げた。

「あと、これを」

ていねいに袱紗《ふくさ》に包んだものを林出羽守が取り出し、一度頭上に掲げてから昼兵衛へ渡した。

「白扇でございますな。どれ、開かせていただきまする。立つ姿美しきこそ女なり……お見事な書体でございますな。お名前は、斉……まさか」

昼兵衛が腰を抜かした。

「それが代金だそうだ。かまえて粗略に扱うな」

林出羽守が厳しく命じた。

「商売でございまする。代金としていただいた以上、お返しはいたしません」

なんとか昼兵衛が応じた。

「上様よりいただいたのだ。きっちり商売をいたせよ」

言い残して林出羽守が帰っていった。

「やれ、面倒がまとめて来ましたね」

袱紗に白扇を包んで神棚へ上げながら、昼兵衛が愚痴を漏らした。

「それも特大のな」

大月新左衛門が同意した。

「海老と和津さんを呼んできますか」

「行ってこよう」

「旦那はいけません。わたくしの用心棒でございますから、離れていただいては困りまする。番頭に行かせましょう」

昼兵衛が、番頭に指示をした。

「お呼びでございますか」

「……どうも」

海老と和津が少しの差で現れた。

「……ということなんだがね」

「川勝屋を片付けるとなると……」

説明した昼兵衛に、海老が思案した。

「殺しますか」

和津が低い声を出した。

「おい。わたしたちは善良な町民なんだよ。過激なまねはだめだ」

昼兵衛が制した。

「もっとも簡単でござんすよ。なにより生かしておくより、後々の心配をしなくていい」

感情のこもらない口調で和津が述べた。

「それはたしかなんだけどねえ。川勝屋を片付けろといいに来たお方がいるからねえ。あの方の依頼とはいえ、殺してしまえとは言われていない。それなのに川勝屋が死んだりしてごらん。まちがいなく、わたしたちの仕事だと林出羽守さまに教えることになるよ。己の依頼だからといって、それを見逃すお方じゃない」

「この後もこき使われるのは確実だな」

新左衛門が昼兵衛の言葉に続けた。

「こき使われるというより、擦り潰されるか、使い捨てにされましょう」

昼兵衛が訂正した。

「ではどうなさいますので」

海老が問うた。

「殺さずに舞台から去っていただくには……店を潰すか、本人から身を退かせるか」

案を昼兵衛は出した。

「店を潰す……打ち壊しでもかけますか。五人も雇えば、店など跡形もなくしてくれやすよ」

和津が言った。

「ふむ。その手もあるねえ」

昼兵衛が認めた。

「それも林出羽守さまに弱みを握られることにならぬか」

新左衛門が危惧した。

「このていどならば、いくらでも言い抜けてみせますよ」

笑いながら昼兵衛が述べた。

「ですが、それは最後の手としましょう。その前にいくつか手を打ってみましょう。海老、これを渡しておくから、しっかり川勝屋のことを調べておくれ。とくに女のことを頼むよ。男は不安になると女にすがるからね」

昼兵衛が林出羽守から預かった金のなかから十両を海老に分けた。

「こんなに……」

海老が息を呑んだ。

読売は一枚四文である。おおむね一両は六千文である。十両は、じつに一万五千枚の読売を売りさばくに等しかった。

「余っても返さなくていいからね。もともと林さまからいただいたものだ。わたしの懐が痛むわけじゃない」

「ありがてい。話を買う金ができやした」

読売屋は新しい話を絶えず提供しなければならない。そのため、海老は行商人や大名屋敷の中間などに声をかけ、おもしろいと思われる噂に褒賞金を出して、読売のもととしていた。

「和津さんは、押田兵庫を」

やはり十両を昼兵衛は出した。

「お預かりいたしやす」

淡々と和津が受け取った。

「大月さまにも」

「そんなには受け取れぬぞ」

「その代わり、片が付くまでの用心棒代はお支払いいたしません。得どころか損になるかも知れませんよ」

断る新左衛門に、昼兵衛が言った。

一日一分の日当ならば、四日で一両。十両ならば四十日となった。それをこえれば、新左衛門は日当割れをすることになる。

「十両あれば、半年は喰える。半年こえなければ、儲けだ」

新左衛門も受け取った。

「随分と豪儀じゃねえか。山城屋」

「山形さま。ちょうどよいところへ」

暖簾を押して山形将左が入ってきた。

「しばらく吉原に籠もっている間に、いろいろあったようだな。で、吾はどうすればいい」

山形将左が訊いた。

「左様でございますな。申しわけないですが、山形さまには、店に詰めていていただきましょう。二階に女たちがおりますし」

「やれ、いつもの妾番か」

聞いた山形将左が笑った。

「敵は三つでございますからね。夜もゆっくりしてもらうわけには参りませんが、よろしくお願いいたしまする」

「大月、おぬしは山城屋の警固だな」

「はい」

山形将左の確認に、新左衛門はうなずいた。

「援軍なしでか」

「これ以上人を増やすと、ややこしくなりますので」

昼兵衛が申しわけなさそうに言った。

「いいさ。腕の信用できない奴と組むよりは、はるかにましだ」

やはり出された十両を山形将左は受け取った。

「林さまからは百両いただきました。今皆さま方にお渡ししたぶんと私の取りぶんを除いて、あと五十両ございまする。いろいろかかった費えをここから出しまして、余ったぶんは、八重さまも入れて分配いたしたく存じまする」

「結構だ」

「へい」

山形将左、新左衛門に続いて、海老と和津も同意した。

「では、早速」

海老が出ていった。

「あっしも」

和津が続いた。

「昼兵衛どの、お出かけはどうなさる」

新左衛門が問うた。

「もう少ししてからにいたしましょう。山形さま、狭い部屋ですが奥でお休みになってください。わたくしどもが出るときに起こさせていただきますので」

昼兵衛が勧めた。

「そうさせてもらおう。昨夜ちょっと張り切りすぎた。三十歳をこえてからするもんじゃないな」

あくびを一つして、山形将左が奥へと消えた。

「お気遣いありがとうございまする」

見送った昼兵衛が新左衛門へほほえんだ。

「夜眠れないならば、今寝てもらうしかなかろう」

用心棒は夜が本番である。不寝番とまでは言わないが、それでも気配一つで飛び起きなければならないのだ。熟睡することなどできなかった。

「ならば、大月さまもお休みを」

「そうさせてもらおう」

新左衛門は、店の片隅で壁にもたれて目を閉じた。

「これ以上女たちを巻きこむわけにはいきませぬ」

重なる襲撃に、店にいる女たちを巻きこむわけにはいかないと、昼兵衛は毎夜自宅へ帰ることにしていた。その警固を新左衛門は担当していた。

「番頭さん、辰巳屋《たつみや》さんからお話があったと言っていたねえ」

昼兵衛は徹夜するわけではない。夜はしっかり眠れる。用心棒二人を休ませた昼兵衛は、商売に戻った。

「へい。若旦那の遊びをおさめさせたいので、誰かいい女はいないかとのご依頼でございました」

番頭が答えた。

「あそこの若旦那は、柳橋で有名だそうだね」

「最近は、吉原でもかなり……」

「やれ、それではお金がたまらないね。遊びを知らない商売人はだめだけど、遊びにお金を使う商売人はもっとだめだ。江戸で知られた履き物屋の辰巳屋さんだ。若旦那が多少吉原や柳橋で散財したところで、金蔵に隙間もできまいが……病膏肓《やまいこうこう》に入る前になんとかしようと考えられたのだろうね」

言いながら昼兵衛は帳面を繰った。

「遊びの女には慣れておられるだろうから、閨ごとのうまい女では引き留められないねえ。となると、心根がよくて、さらに若旦那を尻に敷くくらい強気な女。世津さんがよさそうだ」

帳面を見ていた昼兵衛が呟いた。

「若旦那はたしか、二十歳だったね」

「と伺っておりまする」

番頭が首肯した。

「お世津さんは、二十二歳。ちょうどいいね。気立てのよさで奉公の年季伸ばしを何度も受けているお世津さんに任せてみましょう。番頭さん、呼んできておくれな」

「へい」

命じられた番頭が二階へ上がっていった。

「世津さんもそろそろ妾なんて商売から足を洗わないといけない歳だ。うまくいって欲しいものだね」

昼兵衛が独りごちた。

日が落ちる前を逢魔《おうま》がときと言う。魔に遭《あ》うとの意味だが、日が陰り始めることですれ違う人の顔さえ判別できなくなる。黄昏《たそがれ》とは、誰《たが》それでもあった。

「では、戸締まりはしっかりね。あと用心水の準備を忘れずに。なにかあったら、女たちだけは、逃がしなさい」

「承知いたしました」

後事を番頭に託して、昼兵衛は店を出た。

「お願いしますよ」

店の外へ出ていた新左衛門に昼兵衛が警固を頼んだ。

「承った。万一のときは、遠慮なく逃げ出してくれ」

「はい。わたくしがいたところで、足手まといでしかございませんから」

昼兵衛はうなずいた。

「夕餉をすませていきましょう。家に戻っても酒と味噌くらいしかございませんのでね」

男の一人暮らしである。台所など水を飲むくらいにしか使っていない。

「ああ。味門でいいのか」

「はい」

二人は行きつけの味門で夕食をすませた。

「ここから家まではすぐでございます」

「初めてお邪魔するな」

味門を出て歩きながら、新左衛門が言った。

「たいした家ではございませんよ。それに寝るだけでございますからね。ああ、ご安心を。三日に一度は掃除と洗濯をしてもらうように頼んでますから」

「回り女中だな」

昼兵衛の言葉に、新左衛門が応じた。

回り女中とは、一人を雇うほどではない者が集まって日当を出し合って、女中を頼むことである。独身の男だけでなく、一年しか江戸にいない勤番侍や、水仕事で指先が荒れるのを嫌う花柳界の女たちも利用した。

「はい。ですから、安心を」

「……うむ」

新左衛門の応答に一瞬の間があった。

「来ましたか」

小声で昼兵衛が尋ねた。

「ああ。だが、気配は一人だ。今宵《こよい》は山城屋どのの家を確認するだけであろう」

「ならば、店は安心でございますな」

昼兵衛がほっと息を吐いた。

「さっさと片を付けてしまいませんと、赤字になりますからね」

冗談に紛らせて言いながらも、昼兵衛の表情は硬かった。

# 第五章　血の相克

## 一

父藤次郎敏勝《とうじろうとしかつ》を早くに亡くした押田兵庫勝長《かつなが》は、五百石の家督を祖父から譲りうけた。妹が家斉の側室としてあがっていたこともあり、家督を継いで半年、二十五歳の若さで書院番に抜擢《ばってき》された。代々初役として大番組士《おおばんぐみし》を皮切りにしていたのと比べると、大いなる出世であった。

書院番は小姓番と並んで両番組と称され、将軍の側近くで警固にあたるため、信用のおける名門旗本から選ばれた。また直接将軍の目に留まることも多く、のちのちの出世もしやすいというのもあって、旗本垂涎《すいぜん》の役目であった。

家督を継いで数年は小普請組で無役として過ごし、のち大番組士として世に出るという慣例を、押田兵庫が無視できたのは、父藤次郎が小姓組まであがっていたのもあるが、なんと言っても家斉の側室となった妹楽のおかげであった。いや、父藤次郎敏勝が小姓組にあがれたのも、楽の引きであった。

「未《いま》だにご沙汰がないのはなぜだ」

押田兵庫が不満を口にした。

「お館《やかた》さまもお気になさってはおられるのでございますが」

田安《たやす》家用人清水五郎左衛門《しみずごろうざえもん》が言いわけをした。

「左近衛権中将さまのお心遣いはかたじけないが、実効なければのう」

嫌みを押田兵庫が口にした。

左近衛権中将とは、御三卿田安斉匡《なりまさ》のことだ。将軍家斉の弟で、田安家二代治察《はるあき》の死後、血筋が途絶えたため空き館となっていた田安家の当主となった。

押田家と田安家は縁があった。押田兵庫の祖父、押田吉次郎勝久《よしじろうかつひさ》が、明和七年（一七七〇）から天明七年（一七八七）まで、じつに十七年もの長きにわたって田安家の用人を務めていたのだ。その縁で、押田家は代々田安家と交流を続けていた。

「兵庫どの」

「いや、失言でござった。お忘れ願いたい」

咎められて押田兵庫が詫びた。

「しかし、このままでは、お館さまのお望みも叶いにくくなりましょう。わたくしがもっと出世をし、上様にご意見できる立場にならねば。そう、せめて側役、お側御用取次になっておかなければ」

押田兵庫が述べた。

「それは承知しておりまする。もちろん、お館さまも」

清水が表情をゆがめた。

「おわかりならば、よろしゅうございまする。敏次郎さまのご正室にお館さまの姫さまを配され、間にお生まれになったお方を十三代さまとし、その後見として幕政を取り扱われる。お館さまのお望みを果たすための壁を壊すのは、なかなか難しゅうござる。なにせ、将軍の正室は、朝廷より迎えるという決まりがございますゆえ」

わざとらしく押田兵庫が付け加えた。

「……それはどうにでもなりましょう」

不快さを顔に浮かべて、清水が言った。

「上様のご正室茂姫さまは、薩摩《さつま》島津《しまづ》家の出。外様《とざま》大名の娘が将軍正室にはなれぬはず。しかし、それを近衛《このえ》家の養女とすることで、おさめられた。お館さまの姫も五摂家のどれかと養子縁組すればすみましょう」

「たしかにの。だが、それをお勧めすると思われまするか、執政どもが。お館さまの姫さまを五摂家の養女にする。それに反対する者はそれほどおりますまいが、その姫さまを将軍正室として迎えるとなれば、話は変わりましょう。将軍家の正室として、一門の姫が入ったことは、過去一度もございませぬぞ」

「……………」

押田兵庫の指摘に、清水が黙った。

「それをわたくしがお助けいたそうというのでござる。ただ、いかにお世継ぎさまご母堂の実家とはいえ、書院番組五百石では、なにもできませぬ。わたくしを出世させることが、お館さまのお望みを達する道でござる。まずは千石で側用人、そして五千石でお側御用取次と出世いたしたいため、そして敏次郎さまが十二代さまになられたとき、万石の大名へと飛躍する。そのために、田安卿のお誘いに乗ったのでござるぞ」

「わかっておりまする。戻って、お館さまとお話をいたしますゆえ。今しばらくご辛抱を」

清水が湯島傘谷台の押田家屋敷を後にした。

田安家の館は、江戸城内郭田安御門に隣接している。

「お館さまのご機嫌はいかがだ」

田安館へ戻った清水が、問うた。

「本日は、午前中弓と学問をなされ、昼からは茶を楽しんでおられまする」

近侍している小姓が答えた。

「お茶か、ならばご機嫌はよいな」

ほっとした顔を清水がした。

「お目通りを願ってくる」

清水が御殿奥に作られた茶室へと進んだ。

「お館さま」

「その声は、五郎左衛門だな。よい、許す。相伴せい」

なかから斉匡の返事がした。

「ご免を」

襖を開けて、清水が茶室へ入った。

「お館さま……」

「待て。先に茶を一服喫せい。茶室で、喉も湿らせぬなど、論外ぞ」

報告しようとした清水を斉匡が制した。

「畏れ入りまする」

斉匡が点《た》てた茶を、清水は口にした。

「お見事なお点前《てまえ》でございまする」

清水が一礼した。

「うむ。申せ」

満足そうにうなずいた斉匡が清水を促した。

「……とかなり不満を申しておりました」

「ふん。辛抱のできぬ男よな。このような輩に政は任せられぬ」

聞いた斉匡が鼻先で笑った。

田安斉匡は、安永八年（一七七九）の生まれで、十八歳になる。十一代将軍家斉の異母弟であった。

「焦っておるのでございましょう」

「竹千代の件に手が伸びたという話か」

斉匡が応じた。

すでに一連のことは、斉匡のもとへ届けられていた。

「なにやらとか言う商人が、失敗しただけであろう。兵庫が怯えるほどのことなどあるまい」

「ことがことでございまする。もし、竹千代さまに毒を盛ったのが、押田の息のかかっていた女中だなどと、上様に知られれば……」

「いかに将軍世子の伯父とはいえ、ただではすまんな。まあ、表沙汰にできることではないゆえ、せいぜい病気隠居ののち、死亡というところか」

清水の濁したところを、斉匡が口にした。

「死を怖れるならば、最初から手を下さねばよかったものを」

斉匡があきれた。

「後悔する。それが人なのだろうな。いずれ余もするのだろうか」

「お館さまにかぎって、そのようなことは」

大きく首を振って清水が否定した。

「いや、もう後悔はしておる。なぜ、余は弟として生まれたのだろうとな。もし、長男であれば、今ごろ天下の主として君臨していたのは余であった。それが、生まれるのが遅かっただけで、兄は将軍となり、余は大名とも言えぬ田安の当主だ。あの女を抱くしか能のない兄が天下人だと。『論語』さえまともに読めぬくせに。『四書五経』をそらんじている余のほうが、どれだけふさわしいか」

憎々しい口調で斉匡が続けた。

「だが、天運は変えられぬ。兄は将軍である。そして余は家臣。のう、五郎左衛門、そなた、なぜ兄が竹千代が死ぬなり、敏次郎を世継ぎと決めたか知っているか」

「存じませぬ」

不意に問いかけられた清水が首を振った。

「怖れたのよ、兄は余を」

「お館さまを、怖れた……」

わからぬと清水が首をかしげた。

「十代将軍家治《いえはる》公に子供がなかったゆえ、兄が養子となって十一代将軍となった。長男竹千代が死んだ。竹千代は徳川の家を継ぐ者に当てられる徳川にとって格別な名前。若死にしたからといって、その名は一代に一人。わかるか。竹千代がいなければ、誰でも将軍となれるのだ。そう、余も兄の跡継ぎとなれる。それを兄は怖れた。敏次郎を世継ぎとすると兄が言い出したとき、時期尚早という意見が大勢を占めた」

「存じております る」

清水が首肯した。

事実であった。寛政五年六月二十四日に死んだ竹千代の百か日の喪も明けない九月十五日、家斉は敏次郎を世継ぎとすると宣した。

これに老中たちが異を唱えた。

「上様はまだお若く、急ぎお世継ぎさまを定められずとも」

こう言って、老中たちが諫めた。

これには理由があった。将軍の子供は生まれると同時に、引目役という後見人や傅育がつく。嫡男には、老中がつき、次男以降は若年寄や留守居役などが任じられる。そう、竹千代には老中松平和泉守《いずみのかみ》、松平左衛門佐らがつき、敏次郎には若年寄加納遠江守と留守居岡野肥前守がついていた。

親代わりとも言える引目や傅育は、ついていた将軍の子供が世継ぎとなれば、そのまま代が替わっても権力を維持できる。しかし、そうでなければ、代替わりとともに権力の座から降ろされることになる。竹千代につけられていた者たちにとって、そのまま敏次郎に世継ぎがいけば、先を閉ざされるのに等しいのだ。

敏次郎を世継ぎとさせなければ、女好きの家斉である。いずれ新しい男子を儲ける。その子の引目となれれば、まだ挽回の目はある。

老中たちが、敏次郎を世継ぎと定めると言い出した家斉を止めたのは当然の保身であった。

「ならぬ」

日頃、老中たちの報告に同意の首肯しかしたことのない家斉が、拒んだ。

「躬の命である」

将軍の命令となれば、逆らえない。老中たちは折れ、竹千代の死から三カ月ほどで、家斉は新たな跡継ぎを作った。

「あれは兄が余を怖れた結果だ。いや、正確には死を怖れたのだろう。徳川には、七歳にならぬ者への家督を許さないという慣例がある。まあ、家継さまが五歳で七代将軍となられたゆえ、形骸となっているがな。だが、さすがに世継ぎと決められていない一歳の子供を将軍にするわけにはいくまい。なにせ、将軍は武家を統べる者だ。幼児に務まるものではない。もし、竹千代が死んですぐに、兄が亡くなれば……」

「…………」

斉匡の話に、清水が息を呑んだ。

「敏次郎が元服するまでという条件はつくだろうが、余に十二代の座が回って来ただろうな。もっともそれには、兄は死なねばならぬ」

淡々と斉匡が言った。

「ああ、余にそんな気はないぞ。将軍を殺して、その座を奪う。それは、己もそうされるということだからな。だが、兄に余の心などわからぬ。焦るように兄は敏次郎を世継ぎとした」

「……ほっ」

清水が安堵の息を漏らした。

「それが、足を引っ張ることになるとは、兄も思わなかっただろうな」

「足を引っ張る……」

怪訝な表情を清水が浮かべた。

「わからぬか。老中の反対を押し切って、敏次郎を無理矢理世継ぎにしたのだぞ。嫌でも敏次郎を十二代にせねばなるまい。たとえ、敏次郎の伯父押田兵庫が、竹千代を害したとしてもな」

「ああ」

清水が感心した。

「死なぬかぎり、十二代は敏次郎と決まった。ゆえに、余は娘を敏次郎に嫁がせ、将軍の舅《しゆうと》となる。政を思うままとするためにな。なに、兄も余が政をおこなうのを止めはせぬ。兄は政に興味がないからな」

斉匡が述べた。

「そのためならば、兵庫のわがままも聞かねばなるまい」

「はい」

　意思の確認をした清水が、問いかけた。

「押田の手の者となっておりまする川勝屋を脅しておる者をいかがいたしましょう。手助けいたしまするか」

「できまい」

　はっきりと斉匡が否定した。

「余に使える者がない」

　寂しそうに斉匡が言った。

「田安は将軍家お身内衆だ。自前の家臣を持たぬ。田安家にいる者は皆、旗本御家人で、役目として来ている。そなたは別だが、家老から門番まですべて、将軍へ忠誠を誓っておる。そのような者どもに、余が望みを託せるか」

「お館さま……申しわけありませぬ」

　清水が低頭した。

「いや、そなたに詫びてもらうのも心苦しい。余がそなたに報いてやったのは、わずかに五十俵」

斉匡が手を振った。

「それがどれほどありがたかったか」

顔をあげて清水が感謝した。

「吾が清水家は、二代将軍秀忠さまのご次男、忠長《ひでなが》さまの駿河《するが》藩に仕えておりました。しかし、忠長さまが兄である三代将軍家光さまより、謀叛《むほん》の濡れ衣《ぎぬ》を着せられ、駿河藩は改易。吾が先祖も禄を失い、浪々の身となりました。それから数十年、五代綱吉さまのとき、伝手を頼りようやく御家人として召し出されました」

御家人は将軍への目通りのできない微禄の士である。

「浪々よりましとはいえ、石高はわずかに五十俵。一族がかろうじて生きていけるというだけ。祖父も父も病に倒れて、薬を買うこともできず、亡くなりました」

清水が語った。

「幸いわたくしは、田安家の勘定方へお勤めがかない、お館さまのお目に留まったおかげで、郡奉行、用人見習いと出世させていただきました」

「それでも家禄は増えなかった」

「はい。御上にとって五十俵の御家人など、生きようが死のうがどうでもよいのでございまする。しかし、お館さまは気にしてくださった」

「見習い用人になっても衣服はくたびれたまま、裃など型崩れしていた。そこで聞けば、家禄がいっさい増えぬというではないか。あまりと思い、幕府に加増してやれと頼んだのだが、それでも五十俵。なさけないの。将軍家お身内衆などと言われ、官位だけは無駄に高い従三位左近衛権中将でありながら、家臣の苦労にさえ報いてやれぬ。このときほど、余の無力を思い知らされたことはなかった」

「幕府にとって、御家人の功など、褒賞に値しないのでございまする」

冷たい声で清水が言った。

「たかが五十俵とお館さまは仰せられまするが、そのおかげでどれだけ毎日の生活《たつき》が楽になりましたか。妹が病のときには、薬どころか、医者を呼んでやれました」

清水が泣いていた。

「飼い殺しにするだけの幕府と、報いてくださるお館さま。どちらが大切か、おわかりでございましょう」

涙を拭うことなく、清水が手をついたままで斉匡を見上げた。

「わたくしの忠誠は、ただお館さまに」

「うれしく思うぞ」

まっすぐ見つめてくる清水に、斉匡が応えた。

「お館さま。わたくしにお任せくださいませ。かならずやお館さまのおためになるようにいたしまする」

清水が胸を張った。

「任せる」

斉匡が託した。

二

押田兵庫の屋敷を見張っていた和津は、しっかり清水の後をつけていた。

「人というのは、油断で生きているものとわかるな」

小さく和津が笑った。

普段、人は己が他人から後をつけられていると思わない。ために、後ろを警戒することなどまずしない。あっさり和津は清水が、田安館へ入るのを見届けた。

「さて、行くか」

和津は報告のために昼兵衛のもとへ向かった。

物見高いは江戸の常と言われる。庶民たちは金のかからない娯楽として、町の噂を楽しんでいる。

「川勝屋さんかい、そういえば大奥だっけ、お城だっけに納めていた商品が腐っていたかなにかで、お出入り禁止を喰らったとか」

「その話なら、おいらも知っているぜ。お城へ変な商品を納めたというので、付き合いのあった大店や料理屋からも、縁を切られているらしい。近いうちに夜逃げするんじゃないかともっぱらの噂だ」

「そいつは、よくないね」

海老は大仰に驚いてみせた。

魚河岸の仕事は朝早くに始まる代わりに、昼過ぎには終わる。八つすぎ（午後三時ごろ）には、魚河岸近くの煮売り屋のどこに入っても、酒を飲んでいる漁師や仲買人に会うことができた。海老は、煮売り屋の一軒でそういう連中から話を聞いていた。

「まあ、一杯飲んでくれ。親父《おやじ》、こちらに酒を追加だ。大奥御用達《ごようたし》まであと一歩の大店が、夜逃げ寸前となれば、読売は売れる」

わざとらしく言いながら、海老は惜しげもなく、酒を馳走した。

「こいつは、ご馳走になるぜ」

漁師たちが喜んだ。

「このあたりで訊けば、川勝屋の悪口ならいくらでも集まるぞ。無理な商いどころか、あくどいまねも平気でやったからな。川勝屋に喰われた店も多い。少なくとも魚河岸で、川勝屋のことをよく言う奴はいねえ」

酒をあおりながら漁師が告げた。

「川勝屋のお内儀の実家は助けてくれないのかい」

酒を注ぎながら、海老が問うた。

「知らないのかい。川勝屋は一人者だよ」

「えっ。子供もいないのに、店を大きくしてきたのか」

言われた海老が驚愕した。

「子供はいるぜ。なあ」

「ああ。何人いるかわからないほどな」

二人の漁師が顔を見合わせた。

「どういうことだい」

海老が身を乗り出した。

「他所に女を囲っているんだよ」

酒を飲み干した漁師が言った。

「もとは、深川で鳴らした芸者を大金はたいて、身請けしたとか聞いた」

「おいらは吉原の格子を落籍《ひか》せたと聞いたぞ」

もう一人の漁師が異論を唱えた。

「そういえば、最近、新しい妾を手に入れたとの噂もあるぜ」

最初の漁師が加えた。

「それはおいらも耳にしたな。四谷あたりの武家の娘を、金で買ったとか」

「新しい妾。それも武家の。どこに囲っているんでやしょう。他人目が厳しいでしょうに」

場所の確認を海老が求めた。

「はっきりは知らないが、高輪だとか、三田だとか。とにかく江戸のはずれらしい」

手酌で海老の用意した酒を盃《さかずき》へ入れながら、漁師が述べた。

「金持ちはうらやましいことで。おっと、もうこんな刻限だ。おいらはここで帰りやさ。おい、お勘定」

これ以上いても怪しまれるだけと、海老が煮売り屋を出た。

「あとは、このあたりの屑《くず》買いに尋ねれば、すぐに妾宅《しょうたく》は知れる」

屑買いとは、家で要らなくなった反故紙、欠けた茶碗、穴の開いた鍋などを引き取る行商人のことだ。どこの路地裏にでも入りこみ、商売するため、町内の細かい消息まで把握していた。

「それには、親方に仁義をとおさなければ」

このあたりを縄張りにしている屑買いの親方に金を握らせなければ、もめ事になる。海老は急いだ。

和津と海老の報告を受けて、昼兵衛は林出羽守忠勝の屋敷を訪れた。

「どうした」

林出羽守が怪訝な顔をした。

「押田さまのお屋敷に、田安さまのご家中がお出でになりました」

「なんだとっ」

報告を受けた林出羽守が冷静さを失った。

「そなたが吾に偽りを告げる理由はない。真実か」

林出羽守が額にしわを寄せた。

「押田兵庫ていどの小者に、竹千代さまをどうこうするような肚はないと思っていたが……後ろに田安卿がおられたのか」

「…………」

昼兵衛は無言で待った。そこでご当代の田安さまはどのようなお方でございますかなどと問うような出しゃばったまねはしない。余分なことにはかかわらないというのが、妾屋という商売をしていくうえで、必須の姿勢であった。

「……他にはなにかある」

すぐに落ち着いた林出羽守が尋ねた。

「川勝屋のことでございますが、目途がつきましたので」

「そうか。任せる」

すでに林出羽守の興味は、川勝屋から離れていた。

「あと、尾張さまについては……」

「あまり派手なことはするな。尾張は、敬之助君のものだ」

「ものでございまするか」

知らない言葉に昼兵衛が首をかしげた。

「敬之助君が尾張のご養子となられた」

「尾張さまに同じようなお歳ごろの若君さまがおられましたが」

昼兵衛が斡旋した佐世の方が産んだ男子が尾張にはいた。昼兵衛が怪訝な顔をした。

「尾張は本家になにかあったとき、将軍を出すかも知れぬ家柄である」

林出羽守が説明を始めた。

「つまり、尾張の当主は将軍としてもふさわしいお方でなければなるまい。町屋の出で、妾屋などという得体の知れぬ輩をつうじて、奥へあがったような女が産んだ子供を、当主としていただくことはできぬ」

じろりと林出羽守が昼兵衛を睨んだ。

「ゆえに、ふさわしいお方に家督を取っていただくのが当然と、畏れ多くも上様の若君である敬之助さまをご養子として下しおかれた」

「それででございますか」

昼兵衛は尾張が手出ししてくる理由に思いあたった。

「まさかと思うが、そなた、御三家の外祖父になりたいなどと思っておるまいな」

「とんでもございません」

氷のような目で見つめられて、昼兵衛は手を振った。

「藩士格ではない、尾張藩士の正式な籍を持てるのだぞ。扶持米ではなく、禄も与えられよう。さすがに万石家老とはいくまいが、数百石用人くらいにはなれよう」

林出羽守が述べた。

「そんな面倒くさいものなどご免でございまする」

「面倒くさいか」

「はい。前も申しましたが、お武家さまにはご体面やらなにやらいろいろございましょう。暑いからといって、わたくしどものようにふんどし一つで涼むわけにもいきますまい。外でうまいものを見つけても、屋台で買い食いすることもできず、二日酔いでもお仕事を休めない。そんな窮屈な思いをしたいとは思いませぬ」

昼兵衛が手を振った。

「禄だぞ。働かなくとも、子々孫々まで受け継いでいける。末代まで飢えずにすむ」

「わたくしに、譲る子供はおりませぬ。それに、飢えぬ代わりに、飼われるなどご免で」

強く昼兵衛が拒んだ。

「飼われるだと。犬扱いするというか、我ら武家を」

大声を林出羽守が出した。

「お止めくださいませ。わたくしをお試しになられてもしかたございますまい。使えるとお考えになられたから、出入りをお許しになっておられる。命を狙われたていどで腰が引けるようならば、妾屋なんぞ、やっておられませぬ。脅しに屈することも妾屋はいたしませぬ」

「ふん」

林出羽守が鼻白んだ。

「わかった。あまり派手にするな。一応、町奉行の坂部《さかべ》能登守《のとのかみ》にはそれとなく話をしておいてやる」

「ありがとうございまする。では、押田さまのこと以遠はお願いいたしまする」

一礼して、昼兵衛は林出羽守の前から辞した。

「……ふううう」

屋敷を出た昼兵衛は大きく息を吐いた。

「どうかしたのか」

待っていた大月新左衛門が訊いた。

「背中まで汗でびっしょりでございますよ。咎を一つまちがえば、今ごろ、わたくしの首は、ここにございません」

手拭いを出して、昼兵衛が首筋を拭った。

「怖ろしいものでございますね、お武家さまの忠誠とは。林さまは、まさに滅私。

あのお方のなかには、将軍さましかない」

歩きながら昼兵衛が言った。

「生きて帰って来たということは、林さまを丸めこんだと」

「丸めこんだ……と言いたいところでございますがねえ、たぶん、丸めこまれたのはわたくしのほうでございましょう。欲のないお方というのは、扱いにくい」

昼兵衛が文句を言った。

「まあ、川勝屋については任せるとお墨付きをいただきました。明日にでも片を付けましょう」

「尾張はどうする」

実質刺客を送ってきたのは、尾張藩である。新左衛門の質問は当然のものであった。

「放っておいても大丈夫でございましょう。もうすぐ、わたくしの相手などしておられなくなりましょうから」

将軍の息子を養子に出した。当然、幕府は敬之助のために尾張藩を変えようとする。いろいろと押しつけ始めるのだ。藩内が騒然となるのは、自明の理であった。

「将軍家との繋がりをもって、藩の安泰を計るお方たちと、尾張の系統を紀州に乗っ取られるのをよしとしないお方たち。さぞや、ややこしいことになりましょうな」

冷たく昼兵衛が言った。

「……………」

新左衛門が沈黙した。

「孕むとわかっていながら、女を抱いたならば、最後まで面倒を見るのが筋。大名であろうが、庶民であろうが、産んだ女と生まれた子供に罪はございません」

昼兵衛が憤慨していた。

「性の快楽だけを求めるならば、遊郭へ行けばいい。特定の相手と睦《むつ》み合うというなら、責任を負うべきで。それがたとえ妾であっても」

「たしかにそうだな」

言いぶんに新左衛門が同意した。

「妾は身体を使って働いているのでございますよ。遊んでいるわけじゃない。一連のごたごたがすんだとき、尾張さまに、讃岐屋さん、どちらにもしっかり落とし前はつけていただきまする」

　はっきりと昼兵衛が宣した。

三

　家斉はここ連日、側室たちを呼び出して閨御用を命じていた。

「ご苦労であった」

　ことを終えた家斉は、側室を下がらせた。側室とはいえ、奉公人である。主人と同じ寝床で朝まで過ごすことは許されなかった。内証の方、楽の方など、とくに家斉の許可が出ている者だけが、添い寝を認められていた。

「ご無礼つかまつりまする」

　家斉の精をこぼさぬよう、股間に白絹を詰めた側室がみょうな歩きかたで小座敷を出ていった。

「これで一通りだな」

　一人になった家斉が呟いた。

正確には一人ではなかった。大奥で将軍の居室とされる小座敷、その下段の間に添い寝の中﨟がいた。添い寝といっても家斉と同じ夜具ではなく、小座敷上段に近い下段襖際で一夜を過ごすのだ。これは、夜中などに将軍が不意の用を思いついたとき、すぐ対応できるようにとの役目であった。

というのは表向き、本当の目的は、将軍と側室の会話を覚えておき、翌朝大奥年寄り役へ伝えるのだ。かつて将軍の寵姫が睦言で一族の出世を願うという問題があり、それの是非で大奥が揺れた。それを防ぐために、添い寝の中﨟はいた。もちろん、添い寝の中﨟は、側室の話を聞くだけではない。将軍の言葉も耳にしている。

そう、添い寝の中﨟は、大奥における将軍の監視役でもあった。

「明日には内証の方を呼べるか。褥辞退をした者と会うには、他の側室の機嫌を取り結ばねばならぬ。とても天下を統べる将軍とは思えぬな」

家斉が愚痴をこぼした。

「なにか仰せになられましたか」

添い寝の中﨟が声をかけた。添い寝の中﨟は横になったままで将軍と会話できた。

「なんでもない」

冷たく家斉が否定した。

翌朝、洗顔をすませた家斉は、大奥仏間で御台所茂姫以下、目通り以上の格を持つ女中たちの挨拶を受けた。

「ご機嫌麗わしく、吾が君」

最初に茂姫が口を開く。大奥の主人として、客である家斉への礼儀であった。

「茂も変わりなく、重畳《ちょうじょう》である」

家斉もほほえんだ。

幼なじみから夫婦となった家斉と茂姫は、将軍と正室としては珍しく仲がよかった。

「上様におかれましてはご威光ますます輝かれて、お慶《よろこ》び申しあげまする」

続いて女中たちを代表して、上臈が頭を下げた。

「うむ。そなたたちも健勝のようで、なによりだ」

軽く顎《あご》を引くようにして、家斉が受けた。

「では、またの」

家斉が表へ戻ろうと腰をあげかけた。将軍は朝食を中奥で摂《と》る慣習であった。

「畏れ入りまする」

平伏しているはずの大奥女中たちのなかから、声がした。

「誰ぞ」

茂姫が咎めた。

「月島でございまする」

並んでいる女中の三列目で、月島が名乗った。

「無礼であるぞ、月島」

将軍の動きを止めるのは、褒められた行為ではなかった。

「よい、茂。女にまで咎め立てすることはない」

家斉が茂姫を宥めた。

「はい。上様のご寛容に感謝いたせ、月島」

「かたじけのうございまする」

一度月島が頭を下げて、ふたたび家斉を見た。

「言いたいことでもあるならば、申せ」

「畏れ入りまするが、お他人払いをお願いいたしまする」

「他人払いせねばならぬようならば、話を許さぬ」

月島の願いを、家斉が切って捨てた。

「……しかし」

八重を得られなかった腹いせである。品性に劣るまねなのだ。あまり他人に知られたくなくて当然である。

「ならば聞かぬ。また、躬に掣肘《せいちゆう》の声をかけたこと、無礼千万。茂」

家斉が怒り、後始末を茂姫へ託した。大奥女中の監督は茂姫の仕事であった。

「お待ちくださいませ。申しあげまする」

あわてて月島が述べた。

茂姫の口から罰が言い渡されれば、それまでであった。将軍へ無礼をして、正室から咎めを受ける。大奥女中としての月島は死んだに等しくなる。

「言え」

家斉が命じた。

「はい。先日綾姫さまの……」

月島が綾姫が襲われた話をした。

「お内証の方さまのお局に、胡乱な者が忍んでいたのは確実でございまする。なんとか、今回は無事にすんだようでございまするが、また同じことが起こらぬという保証はございませぬ。ここは、綾姫さまを七宝の間にお移しするべきではないかと」

一気に月島が告げた。

「そのようなことが……」

大奥の主とはいえ、形だけで実質の権を持たない茂姫が驚いた。

「上様、綾は、吾が娘でもございまする。月島の申しおること、わたくしからもお願いいたしまする」

茂姫が願った。

大奥で生まれた子供は、慣例として、そのほとんどが正室の養子となる。綾姫も生まれて七夜目に、茂姫の養女となっていた。

「上様……」

内証の方が訴えるような顔をした。

「……そうだの」

小さく頭を振った家斉が、内証の方に黙っていろと合図した。

「茂、まず大奥のなかに綾姫へ害をなそうとした者がおるというのは問題であろう。躬がその責を問うとなれば、局の主たる内証と、大奥の主である茂となる」

「あっ……まさに」

茂姫が気づいた。

「躬は、そなたに罰など与えたくない」

「上様……」

そう言う家斉へ、茂姫がうれしそうな表情をした。

「幸い、綾は無事であった。そうだの、月島」

声を厳しくして家斉が確認した。

「は、はい」

「ならばことを表に出せぬとわかるな」

「……仰せのとおりでございまする」

月島が首《こうべ》を垂れた。

「とはいえ、綾を七宝の間に移すのは妙案である」

「……上様」

内証の方が泣きそうな声をあげた。

七宝の間とは、大奥のほぼなかほどにあり、出産を控えた御台所や側室の産屋として使われる局のことだ。専用の井戸を持っているうえ、日当たりもよく、また主室へはお次の間をとおらないと行けないようになっており、警固もしやすかった。

「内証」

家斉が呼びかけた。

「は、はい」

娘を取りあげられるかと、内証の方が震えた。

「綾とともに、七宝の間へ移れ」

「……上様」

涙を浮かべた目で、内証の方が家斉を見上げた。

「七宝の間におる間は、そなたを手元に呼ぶわけにはいかぬ。だが、綾のためじゃ。躬が許すまで、七宝の間で綾の面倒を見よ」

「お心、かたじけなく存じまする」

内証の方が平伏した。

「よかったの、内証」

茂姫も同意した。

「さて、月島」

「……はい」

月島が顔色を変えた。

「綾の危難に適切な助言ができるとは、殊勝である」

「畏れ多いお言葉」

褒められた月島が喜んだ。

「その才は惜しい。茂、躬にこの者の処遇を決めさせてくれぬか」

家斉が、大奥の主である茂姫へ頼んだ。

「上様のお心のままに」

茂姫が譲った。

「うむ。では、月島」

「はい」

才能があるとまで言われた月島が、身を乗り出すようにした。

「仏間付の中臈職を解き、新たに火の番どもの支配を命じる」

火の番とは、大奥の警衛を担当する女中ではあるが、目見え以下と地位は低い。

その火の番たちは大奥第二位の権力者である年寄り役の支配を受けた。

「えっ……では、わたくしはお年寄りに」

願っていた年寄り役への栄転だと月島が狂喜した。

「ただし、身分は中臈のまま据え置く。年寄りどもの下で、火の番どものまとめを致せ。他のことは、一切触るに及ばず」

まるで断じるように家斉が言った。

「そんな……」

月島が呆然とした。

任を火の番の支配だけに限定されては、なんの権力もなかった。いや、仏間担当という大奥でも格別な扱いを受ける地位を奪われただけであった。

「今後、大奥でなにかあれば、火の番支配の責を第一に問うことになる。覚悟して勤めよ」

厳しく家斉が告げた。

「茂よ、少し慣例を破ってよいか」

「はい。上様を縛るようなものは、大奥にございませぬ」

幼なじみから夫婦へとなった二人の絆《きずな》は強い。茂姫が、家斉の願いを受けた。

「内証、八重をこれへ」

「しばしお待ちをくださいますよう」

内証の方が座を立ち、仏間を出ていった。

「他の者たちは退出してよい」

家斉が手を振った。

「お行きなさい」

茂姫もうなずいた。

将軍が女中を名指しで呼ぶ。それは、今夜閨に侍れとの意味であり、あらたな寵姫の誕生を意味していた。

「ではございますが、ふさわしい者かどうかを見極めませぬと」

年寄り役が、懸念を表した。

「安心いたせ。手はつけぬ」

あっさりと家斉が宣した。

「ではなにゆえに、お呼びに」

「そなたに言わねばならぬのか」

家斉の声が低くなった。

「大奥のことは、年寄り役が仕切ることとなっておりますれば」

まだ年寄り役が粘った。

「だそうだが、茂」

「妾が認めたのだぞ」

茂姫が年寄り役を睨んだ。

「……ご無礼を申しあげました」

御台所に嫌われて大奥に残れるはずもなかった。年寄り役が退いた。

「では、去れ」

もう一度命じられた上臈以下が仏間を出ていった。肩を落とした月島もそのなかにいた。

「上様」

入れ替わりに内証の方が、八重を連れて戻って来た。

「ほう。そなたが八重か」

「……………」

仏間下段襖際で、八重が平伏した。

「面《おもて》をあげよ。面倒ゆえ、恐懼《きょうく》はいたすな」

家斉が命じた。恐懼とは、将軍や天皇、関白など身分の高い人と会うときの礼儀のようなものである。面をあげよ、近くへなどと命じられても、ご威光に圧せられてできませんと、三度言われるまで従わないという、無駄な形式であった。

「ご無礼をつかまつりまする」

そう言われては従わないわけにはいかなかった。八重が顔をあげた。

「ほう」

「まあ、なかなかの美形ではございませぬか」

感嘆の声を、家斉と茂姫があげた。

「残念だの。躬のものにできぬのは」

家斉が残念そうに言った。

「上様、どういうことでございまする。上様のお望みのとおりになされれば」

茂姫が不思議そうに訊いた。

「そなたの次に大事な者との約束じゃ」

「わたくしの次……内証でございましょうか」

「いいや。内証はその次だ。その者は表におる」

内証の方を見た茂姫へ、家斉が説明した。

「さて、八重。この度のことご苦労であった。七宝に移れば、さすがに綾も大事ない。そなたの働きで、綾と内証が守れた」

「過分なお褒めに恐縮いたしまする」

八重は平伏した。

「大奥へ残れとは言えぬらしい。ゆえに、また要りようとなれば呼ぶ、そのときは手を貸せ」

「…………」

返答に八重は困った。

「お受けいたせ。妾が悪いようにはせぬ」

小声で内証の方が囁いた。

「仰せのままに」

八重が受けた。

「うむ」

満足そうに家斉が首肯した。

「内証、十分に報いてつかわせ」

「はい」

内証の方がうなずいた。

「茂、頼みがある」

家斉が八重から目を離した。

「七宝の間に心きいたる者を貸してやってくれぬか」

正室につけられている女中は多い。家斉が茂姫へ乞うた。

「お任せをくださいませ。妾が信を置いておる者を行かせましょう。二度と大奥のことで上様のお心をわずらわせるようなことがないよう」

茂姫が家斉の意図を理解した。

敏次郎を世継ぎと決めた以上、その生母お楽の方を大奥から排除するわけにはいかなかった。家斉にできることは、警固を増やすのが精一杯であった。

「頼む」

家斉が頭を下げた。

四

昼兵衛と新左衛門、和津の三人は夕暮れの三田にいた。

「あの大屋根は、会津《あいづ》さまのお屋敷。その真向かいが三田四丁目。川勝屋の妾宅の一つは、あのあたりでございますな」

あたりを昼兵衛が見回した。

「来るのか」

「参りましょう。男というのは、命の危難が迫れば、女を欲するものでございますからな」

「他の妾宅へ行くということは……」

「ないとは言い切れませぬが、海老さんの調べでは、こちらの妾はつい最近手に入れたばかりだそうで。しかもお武家の出だそうで」

「武家の娘か」

浪人は武家ではなく庶民である。武家の娘というかぎりは、御家人あるいは江戸詰の藩士の娘である。

「しかもお旗本の」

「旗本……」

さらっと口にする昼兵衛へ、新左衛門が驚いた。

「金を持った商人が欲しがるのは、最初に見目麗しい女。そして、見目麗しい女に飽きた商人が手に入れたがるのは、武家の女なのでございますよ」

「立場の逆転か」

「さすがでございますな」

すぐに気づいた新左衛門を昼兵衛が褒めた。

「たとえ金を貸していても、商人は武家に低頭しなければなりません。金を貸した者が借りた者より弱い。これが今の世でございまする。これを不満と思っている者は少なくありません。かといって、商人が武家になるのは難しい」

「当然だな。簡単に枠をこえられては、秩序が崩れる」

「はい。幕府は町人が武家になるのを禁じておりまする。正確には武家の身分を売り買いすることでございますが」

町人が武家になるには、昼兵衛のようになにかしらの役に立ち、藩から武家としての格が与えられる他に、武家の株を金で買う方法があった。

あるていどまとまった金を武家に渡して、その家の系図を買い取ることで身分を替えることを株の売り買いと称した。しかし、これは先祖の功績に対して与えられた禄を、勝手に売る、すなわち恩と奉公という武家の根本を壊す行為であり、幕府は厳重に取り締まっていた。

「抜け道はありますが、ばれれば首が飛びまする。そんな危ない橋を渡らず、不満を解消するのには、武家の女を妾とするのが一番でございましてな。最近、わたくしの店でも、なんとか武家の女を探してくれとの要望が増えておりまする」

「閨で押さえつけることで、勝った気になると。なさけない」

新左衛門が天を仰いだ。

「男は本能として、女を支配したがるものでございまする。そして、支配することに快楽を覚える。川勝屋にとって、今回の一件は武家のお家騒動に巻きこまれたようなもの。不満は武家に向かいまする。その不満を解消するには……」

「武家の女を蹂躙《じゅうりん》する……」

苦い顔を新左衛門がした。

「はい」

昼兵衛はたんたんとしていた。

「川勝屋の妾がわかっていながら、妾になったかどうかは知りませんがね。少なくとも親はわかっていながら奉公に出したのでございまする。相応の金を受け取って」

「わかってはいるが……」

「矜持で腹は膨れやせん。さて、来たようでございますよ」

黙って日が落ちた辻を見ていた和津が口を挟んだ。

「三人か。一人は川勝屋だとして、二人は用心棒だな」

「雇いましたか。まあ、当然でございますが、ちと面倒でございますな」

昼兵衛が嘆息した。

「さて、日当分は働くとしよう」

新左衛門が太刀を抜いた。

「和津どの、山城屋どのを頼む」

「お任せを」

匕首を構えた和津がうなずいた。

「…………」

黙って新左衛門が走った。

「誰だ」

「なにやつ」

気づいた川勝屋宗右衛門の用心棒が柄に手をかけながら問うた。

「先生方、あいつが妾屋の用心棒で。片付けてくださいまし」

新左衛門の顔を見た川勝屋宗右衛門が命じた。

「わかった」

「酒手《さかて》をはずんでもらうぞ」

太刀を手にした二人が、川勝屋宗右衛門をかばうように出た。

「お二人とも道場を持つ剣術の先生だ。腕は折り紙付きだぞ」

勝ち誇るように川勝屋宗右衛門が告げた。

「甘いな。用心棒に慣れていない者など、役に立たぬわ」

わざと歯を見せて、新左衛門が笑った。

「なにっ」

老け顔の用心棒が憤った。

「依頼主の背中を空けているぞ。伏兵があれば、終わっている」

「いかん。安田《やすだ》氏、後ろを」

指摘された老け顔の用心棒が、もう一人に指示した。

「おう。黒住《くろずみ》氏」

もう一人の用心棒が、あわてて下がった。

「ここまで簡単に引っかかると、気が抜けるわ」

あきれながら新左衛門は、黒住へと迫った。

「来い」

黒住が足場を固めた。青眼に太刀を構えて、新左衛門を待ち受けた。

「ほう、少しはできるな。だが……」

腰の据わった構えに、新左衛門は感心しながら太刀を薙いだ。

「なんの」

黒住が水平に襲い来た薙ぎを、太刀で受け止めた。

「……惜しむらくは、頭がついてこない」

新左衛門は止められた太刀を支点に、身体を滑りこませた。

「な、なんだ」

一瞬で間合いを詰めた新左衛門に、黒住が驚愕した。

「二人ならば、吾の背中を襲うこともできたであろうにな」

新左衛門が黒住の脇差に手をかけ、そのまま抜いた。

「儂の脇差を……ぐっ」

驚いた黒住の鳩尾に、新左衛門が脇差を突き刺した。

「黒住氏」

安田があわてて前へ出てきた。

「遅いわ」

新左衛門は黒住から抜いた脇差を安田に投げつけた。

「なめるな」

飛んできた脇差を太刀で撃ち落とし、安田が怒った。

「どちらがなめている」

太刀を動かしたため、構えの崩れた安田に、新左衛門は迫った。

「ちぃい」

安田が太刀を上段へと変え、そのまま斬り落としてきた。

「ふん」

踏みこんだ右足で踏み切り、新左衛門は左へと跳んでこれをかわした。

「こいつ……」

外された太刀を途中で止めて、安田が薙ぎに変えた。

「えいっ」

腰を落とした新左衛門が、下から太刀を斬り上げ、安田の腕を両肘から斬り飛ばした。

「ぎゃっっ」

安田が絶叫して、転げ回った。

「さて、残るは川勝屋さん、あなただけだ」

用心棒二人が排除されるのを後ろで見ていた昼兵衛が声をかけた。

「あ、あわわ」

目の前で頼りにしていた二人が斬られた川勝屋宗右衛門が、なさけない声を出して座りこんだ。

「………」

無言で新左衛門が血刀を川勝屋宗右衛門に近づけた。

「た、助けて」

「最初に手出ししてきたのはそちら。人の命を狙っておきながら、負ければ命乞い。それはとおりませんね。とはいえ、わたくしも商人。あなたの命と等価なものをいただければ、それで引いてもよろしゅうございますよ」

昼兵衛が提案した。

「命と等価なもの……金か」

「たしかに金で命は買えますがね。そんなものじゃたりませんね。一回だけの襲撃だったら、千両で許しましたが」

小さく昼兵衛が笑った。

「では、どうしろと」

「和津さん」

「ああ」

声をかけられた和津が、懐から紙と矢立を取り出し、腰を抜かしている川勝屋宗右衛門の前に置いた。

「……なにを」

怪訝な顔で川勝屋宗右衛門が昼兵衛を見あげた。

「すべてを書いていただきましょう。大奥へしたこと。誰に頼まれたかもね」

「………」

川勝屋宗右衛門が黙った。

「念のために申しておきますが、あなたが湯島傘谷台に行ったこともこちらは知っておりまする。変にごまかしたならば……」

昼兵衛が新左衛門を見た。

「…………」

新左衛門が太刀を川勝屋宗右衛門の目の前でひらめかした。

「ひいい」

川勝屋宗右衛門が悲鳴をあげた。

「最後です。書きなさい」

厳しく昼兵衛が命じた。

「わ、わかった」

震えながら筆を取った川勝屋宗右衛門が書いた。

「……どれ」

和津をつうじて紙を受け取った昼兵衛が内容を確認した。

「名前が抜けてますよ。日付とね。あと、拇印《ぼいん》も」

昼兵衛が紙を突き出した。

「……それは」

竹千代殺しを自白したに近い。川勝屋宗右衛門がためらった。

「今死にますか。それとも逃げる機会を持ちますか。江戸を売って、遠い田舎へ逃げれば、誰も追いませんよ。あなたは小者でしかない。わたくしどもにお仕事をご依頼になられたお方の目的は、湯島傘谷台。いや、お城のなかで」

「まさか……」

川勝屋宗右衛門が目を見張った。

「ようやくおわかりいただけたようで。妾屋は女を斡旋するところ。大奥へ女中を入れたのでございますよ。お客様がどなたかなど、言うまでもありますまいに」

「将軍さま……」

「…………」

驚愕する川勝屋宗右衛門に、昼兵衛は黙って笑った。

「さっさとしてください。いい加減疲れましたので。三つ数える間に署名と拇印をなさらないと……」

昼兵衛の言葉に、今度は和津が匕首を抜いてみせた。

「するっ」

急いで川勝屋宗右衛門が名前を書き、拇印を押した。

「結構」

書付を受け取った昼兵衛がうなずいた。

「さて、今からこの書付をお届けにあがりますれば、川勝屋さんに残された余裕はそうはございませんよ。持てるだけの金を持って、さっさと江戸から出ていきなさい。あと、今度見かけたら、有無は言わせず、三途《さんず》の川を渡らせてあげます。二度と江戸の地は踏まないように」

「わかった」

何度も何度も川勝屋宗右衛門が首を縦に振った。

「行きなさい」

「……………」

促されて川勝屋宗右衛門が脱兎《だつと》の如《ごと》く逃げ出した。

「いいのか」

新左衛門が太刀を拭いながら訊いた。

「もうなにもできませんよ」

昼兵衛が述べた。

「いや、逃がしてよかったのか。林さまに引き渡さなくて」

「引き渡されては、林さまもお困りでしょう。なにせ、お世継ぎさまのご実家の悪事と、御三卿田安さまの企《たくら》みへの繋がりの生きている証拠ですからな。強すぎる薬は、ときに患者を殺しまする。この書付ていどが、もっとも使い易《やす》いのでございますよ」

「そういうものか」

説明を受けても新左衛門は納得していなかった。

「生き証人を押さえられた。致命傷になりかねません。そうなれば、押田さまも田安さまも暴発しかねません。旗本と弟に反されては、上様のお名前に傷がつきましょう。この書付ていどならば、否定できますからね。根も葉もない町人のたわごとだと」

「否定させては意味がなかろう」

新左衛門が首をかしげた。

「よいのでございますよ。知っているぞ。そう、思わせるだけで、相手は見張られていると動きにくくなりまする」

「そういうものか」

「謀叛の噂だけで、潰されたご一門はいくらでもございましょう。家康さまの六男忠輝《ただてる》さましかり、秀忠さまの三男忠長さましかり。どちらさまも、あきらかな謀叛の証拠はなかったはずでございますよ」

昼兵衛が述べた。

「将軍の権力か」

小さく新左衛門が震えた。

「表だけでございますがね。女には効きませんが」

嘆息しながら、昼兵衛が歩き出した。

昼兵衛から川勝屋宗右衛門の書付を受け取った林出羽守は、翌朝、家斉へそれを渡した。

「……できるな。妾屋とか申す者」

家斉が感心した。

「はい。よい落としどころを作ってくれましてございまする」

林出羽守も同意した。

「町奉行よりも使えるぞ」

「身分卑しき者でございますれば」

召し出そうとするなと林出羽守が釘を刺した。

「わかっておるわ。そなたに預ける」

「ありがたき仰せ」

林出羽守が礼を述べた。

「兵庫を呼べ」

「はい」

命じられて林出羽守が、押田兵庫を迎えに行った。

書院番は、城中で側に居る小姓番と違い、外出の供をする。そのため、書院番の詰め所は、玄関に近い虎の間の隣にあった。

「お呼びと伺い、押田兵庫参上いたしましてございまする」

押田兵庫が意気揚々とお休息の間下段へ入ってきた。朝の内の呼びだしは、出世の話だと勘違いしていたからであった。これは、慶事は午前中、凶事は午後からという幕府の慣例が影響していた。

「参ったか。押田兵庫、勤務精励につき……」

「はっ」

両手をついた押田兵庫の顔が緩んだ。

「進物《しんもつ》の取り扱いを命じる」

「……えっ」

家斉の言葉に、押田兵庫が唖然とした。

「無礼だぞ。お受けいたせ」

側についていた林出羽守がたしなめた。

「あ、ありがたくお受けいたしまする」

あわてて押田兵庫が平伏した。

進物取り扱いは、その名のとおり、大名や旗本などから将軍家へ献上された進物を、玄関から、大広間や黒書院など、お披露目の席まで運ぶ役目である。

「かまえて念を押して役を務めるよう」

普段は付け加えない一言を家斉が足した。

「ははっ」

額を畳につけたまま押田兵庫が返事をした。

「言わずともおわかりだろうが、進物に異常があれば責を負っていただくことになる」

林出羽守が、家斉の意図を説明した。

「…………」

そっと顔を横にして、押田兵庫が林出羽守の顔を見た。

「川勝屋のようにな」

林出羽守が川勝屋宗右衛門の書付を懐から出して、拡げた。

「ひっ」

押田兵庫が息を呑んだ。

「わかったならば、下がれ」

冷たく家斉が押田兵庫へ手を振った。

「…………」

押田兵庫がうなだれてお休息の間を出ていった。

「斉匡をこれへ」

続けて田安斉匡が呼び出された。母が違うとはいえ、将軍が弟を招くのは不思議でもない。斉匡は半刻（約一時間）少しで、現れた。

「御用は」

「言わねばならぬか」

「……いいえ」

その一言で斉匡が覚った。

「一言だけ」

「申せ」

弟の願いを兄は認めた。

「なぜ、政に精を出されませぬ。将軍は天下を統べる者でございまする。ただ毎日淫欲に浸るだけの兄上は、その器に非ず」

厳しく弟が弾劾した。

「そなたならば、できると言うか」

「政をおこなうことこそ、将軍の務め。もし、将軍となることができましたならば、してのけましょう」

「すべてをか」

家斉が鼻で笑った。

「政がどれだけあると思っておるのだ。それこそ、年貢の嵩決めから、大奥で使う落とし紙の数まで、千、いや万もある。それを一人ですると言うか」

「……重要なものだけでもよろしいでしょうが。兄上は、どれ一つなさっていないではないか」

斉匡が反発した。

「どれを重要とする。おまえが選ぶのか。どうやって。すべての案件を見て、重要かどうか決めるだけでどれだけ手間か」

「老中どもに選ばせまする」

「ふん。信用できるわけなかろう。つごうのよいものだけを出してくる。躬に見せたくないもの、報せたくないものは隠してな。出してきたものも正しいとはかぎらぬ。幕府の年貢がどのくらいか、躬は知らぬ。老中の言うままだ。すべての天領を回って、取れ高を確認しないのなら、出されたもので満足するしかない。それが将軍よ。なにもできぬならば、変に手出しするより、任せたほうがましだ。躬もきさまも世間を知らぬのだからな。飢えたこともなく、雨に濡れて寝たこともない。実情を知らぬ者なのだぞ」

「…………」

言われた斉匡が黙った。

「どちらにせよ、そなたは躬を怒らせた。躬は、そなたの血筋が田安を継ぐことを許さぬ。そなたの男子は、すべからく虚弱で任に耐えずとする」

「……それでは、田安が絶えまする」

斉匡が言い返した。

「田安には、吾が子を入れる。そなたが、女を抱くしか能のないと評した躬の子をな。下がれ、二度とその顔、見たくはないわ。そなたは躬に負けたのだ」

「…………」

敗者に反論する権利はなかった。悄然《しょうぜん》と斉匡が下がった。

「尾張は任せた」

家斉から預けられた林出羽守は、尾張藩の付け家老成瀬隼人正《なるせはやとのしよう》を訪ねた。付け家老とは、家康がその息子を独立させるとき、譜代大名から選んで付けた者のことだ。成瀬家の初代は家康の信頼が特に厚く、犬山城と三万四千石を与えられ、乞われて家康の九男義直の傅育を担当した。

「上様のお耳に届いておりまする。あまり、市中で目立つようなまねをなさいませぬよう」

林出羽守の話を聞いた成瀬隼人正が、蒼白《そうはく》になった。付け家老とは、藩主の傅育をするだけではなく、非違があれば連帯して責任を負わなければならなかった。尾張藩に傷がつくとき、付け家老は潰される。

「上様の御前体よしなに」

平蜘蛛《ひらぐも》のように平身低頭した成瀬隼人正は、ただちに動いた。

「用人田中与市を国元へ帰せ。あとは言わずともわかるな」

成瀬隼人正が、江戸家老へ命じた。

「田中さまが捕らえられた」

用人が身柄を押さえられる。騒ぎは一瞬で上屋敷に拡がった。

「このままでは、我らにも手が伸びるぞ」

あわてて的場と加藤が上屋敷を離れた。

「どうする」

「しばらく喰うだけの金はある」

田中からもらった金がまだ残っていた。

「藩にもおれぬ。この金で生きられるだけ生きてみるか。先日吉原で見た浪人のように、きままにな」

「だな。浪人もいいかも知れぬ」

顔を見合わせた二人が、足早に江戸の町へと消えていった。

その翌日、山城屋に豪勢なお詫びの品が、尾張から届いた。

「どうやら、片が付いたようで」

ほっとした顔を昼兵衛がした。

「もう大丈夫か」

「だろうな」

新左衛門の確認に山形将左が首肯した。

「皆さま、ご苦労さまでございました。おかげさまで生き延びさせていただきました」

一同を前に昼兵衛が礼を言った。

「残りのお金の分配は、後日させていただきまする。どうぞ、お帰りになってお休みくださいませ」

昼兵衛が勧めた。

「そうさせてもらおう。どれ、もう一度吉原だな」

山形将左が出ていった。

「これで川勝屋の顚末《てんまつ》、読売にできやす。急がねえと」

「あっしもこれで」

海老と和津が帰った。

「大月さま」

「ああ。わかっている」

新左衛門がうなずいた。

「八重さまは、明日お帰りになるそうです。女の迎えは男の仕事でございますよ」

促すように昼兵衛が告げた。

「もう逃げぬ」

決意を新左衛門は表した。

この作品は書き下ろしです。

妾屋昼兵衛女帳面《めかけやちゅうべええおんなちょうめん》五
寵姫裏表《ちょうきうらおもて》

上田秀人《うえだひでと》

平成25年9月25日　初版発行

発行人――石原正康
編集人――永島賞二
発行所――株式会社幻冬舎
〒151-0051東京都渋谷区千駄ヶ谷4-9-7
電話　03(5411)6222(営業)
　　　03(5411)6211(編集)
　　　振替00120-8-767643
印刷・製本―株式会社　光邦
装丁者――高橋雅之



幻冬舎時代小説文庫

ISBN978-4-344-42082-3　C0193　う-8-6

幻冬舎ホームページアドレス　http://www.gentosha.co.jp/
この本に関するご意見・ご感想をメールでお寄せいただく場合は、
comment@gentosha.co.jpまで。